甦る灯火《よみがえるともしび》

高杉治憲

下野新聞社

甦る灯火　よみがえる ともしび

目次

甦る灯火

よみがえる　ともしび

（一）　父の背中

これまで、自分には無縁の場所と考えていた。想像もしていなかったコンクリートと鉄格子の部屋で座っている自分に不思議な思いがしている。まして、その居住性など考えたこともない。しかし、ここに来たことに妙な納得と安堵のような気持ちが湧いてくるのは、この男本来の潔さであり責任感と言えなくもない。ここは自分が入る筈のないところなのに、小さな窓といい、申し訳程度の目隠ししかないトイレといい、どこかで見た間取りだ。映画の一場面であったか、何かの設計図だったかもしれないが思い出せないでいた。

入場の場面は、仰々しく手錠を掛けられ腰ひもを回されて、ゆっくりと鉄の扉が開いて静かに始まった。僅か三十メートルばかりの廊下は娑婆と隔絶された奈落への道中のようでもあったし、鉄格子の中から見る者達は特別席の観客という設定か、或いは仲間入りの顔見せ行進なのかも知れなかった。やがて、市中引き回しの脚本を演じる役者のように、身を縮めて進んだセレモニーに幕が下りて、藤原龍彦が鉄格子の個室に入ってから三日目の朝を迎えていた。

昭和五十三年九月、ここは茨城県警西茨城警察署内の留置場だ。砦のように突き出たパノラマのスクリーンを見るような監視席は、ここに入ってくる何らかの容疑を掛けられた被疑者を一目で見渡せるように設計されていた。警察署の留置期間は四十八時間と定められていて、それ以降は送検された者のみ身柄を拘置所に移されることになっている。

「ほんとなら俺も、ほかの連中だって拘置所行きなんだけど今拘置所が満員なのさ。でね、ここと筑波の警察署に分けて拘留している、いわゆる代用監獄ってやつさ」と、声を掛けてきた男は、少しばかり間を置いて、

「でも龍彦さんが入ってくるなんてほんとに驚いたよ、やっぱり倒産がらみだったの？」と、満室に見える留置場のトイ面の部屋から人なつっこい顔で、まるで一緒の立場になったことを喜んでいるかのように早口で話しかけてきた。男は龍彦の父方の遠縁に当たる安田正明であった。両親や兄弟達は堅いしっかりものと評判の家庭なのに、その長男は博打と遊びにうつつを抜かしていると耳にしていたが、直接話すのは初めてだった。

「二、三日前に、当直のお巡りさんから、近いうちにあんたらとはスケールの違う大物が

入ってくるぞって聞かされていたので、誰だろうってみんなで話していたのさ。ところでおじさん元気？　おじさんが県会議員の時、俺は無免許運転の常習で警察に捕まったことがあってね、おふくろがおじさんに頼んで出してもらった恩義があるんです。だから、いつか恩返ししようと思っていたのに、去年、藤原工業があんなことになっちゃったので、何もできなくて申し訳ないと思っていたんです。その分、こんなところで何だけど、龍彦さんは初めてだから分からないことがあったら何でも聞いてくださいよ。俺、こん中じゃ結構詳しい方だから」

「正明さん、何も分からないのでよろしくお願いします」と、龍彦は尋ねもしないのに周りに聞こえよがしに、自分と親戚であることを自慢するように話しかけてくるこの男が少し迷惑な気もしたが、地獄で仏の喩えみたいなものかと、正明を急場の情報源にすることにした。

「まかせておいて下さい。元国会議員の息子さんだもの、みんなにも気を使わせますよ」

「正明さん、私のことは皆さんには……」

人差し指で内密にしてくれるように頼んだつもりだった。正明も人差し指を口の前に立てて、ウンウンとうなずいて了解のサインを掲げて見せた。

龍彦の父、藤原佳正は第二次世界大戦前から木材商と植林事業を手がけ、終戦の復興に合わせて敏腕を振るい、自身で買いまくった山林から木材を供給し、その資材を武器として建設分野をも成功させた立志伝中の人物である。木材商、建設資材、総合請負が大成功する一方で、昭和二十二年に三十八歳で西茨城市議会議員に当選して以来連続三期歴任、三期目の四年間は議長として戦後の同市の復興と発展に貢献した。昭和二十四年、日本が未だアメリカのマッカーサー元帥をトップとしたＧＨＱに統治されていた占領下では、市長に代わって米軍の将校を招いて折衝し、難問をいくつも解決に導いたのも佳正だった。

龍彦が三歳の頃、自宅の離れに見慣れない大男が十五、六人ジープでやってきたことがあった。その時もやはり進駐軍の将校だった。西茨城の芸妓を多数呼んで、庭園にも果物や料理を置き、大勢の洋食コックを手配してのイベントを自費で開催した。戦後の統制時代の食料不足で餓死者が出た時代にポークソテーやらステーキやエビフライ、カツレツといったご馳走を揃え、招かれた将校達が驚くほどの大パーティーをやってのけた父であった。幼い龍彦は将校の一人に抱かれて大きな帽子を被せられ、その時は名前すら知らなかったポマードの匂いが強烈な記憶となって今でも鮮明に残っていた。父が戦後間もない頃から、かつての敵国、米国製のフォードやスチュードベーカーという乗用車に乗っていたのもこうした繋がりからに違いなかった。

幼い頃から、龍彦は父の大きな背中が大好きだった。病弱で小さな自分と違い、若い頃、元大相撲出身の吉野川という四股名を持った人に相撲を習い、県西地区相撲大会で大関を張った強くて頼もしい大男が父親であることを心から自慢にしていた。頑強な父との何気ない会話の一つひとつが脳裏に鮮明に刻まれて残っている。五〜六歳の頃から父が早く帰宅した時は、父の手元に夕刊を持って行くことを自らの役割のようにしていた。佳正は夕刊を見ながら龍彦に世の中のことを解説してくれた。それは、大人になって思い起こしてみると実に多岐にわたっていて、政治経済から世相にまで及び、幼い龍彦には到底理解できないことが多かった。

戦後のアメリカやソ連、当時「中共」と呼ばれていた中国を加えた大国の国々が、新たな冷戦体制の中で主導権争いを開始した時代だ。その影響下で朝鮮戦争が勃発し日本はその特需とアメリカの傘の下で、一ドル三六〇円の固定為替制度に守られて輸出との両面で好況に沸いていた。

「たっちゃん」、佳正は末っ子の龍彦をこう呼んでいた。姉は「佐代子」、兄は「征彦」と、呼び捨てなのに自分だけ「ちゃん」付けで呼ばれることに内心不満だったが、父には言えなかった。時々酔って帰ると父はこんなことも言った。

「佐代子はお父ちゃんの子で、征彦はお父ちゃんとお母ちゃんの子、たっちゃんはお母ちゃんの子だ」と、言うのである。恐らく父からすると、姉の佐代子が性格も能力も自分に似ていて、兄の征彦が半々で、末っ子の龍彦は自分には似ていないと言いたいのか、大好きな父の言葉でもこれだけは到底許せなかったが、これも父には言えずにいた。それでも龍彦は、父のそれ以外の話には真剣に耳を傾けた。

「お父ちゃんは戦前の旧法時代に、四男坊なのに藤原家の跡取りにさせられた。本当はお母ちゃんと結婚する時に古河で材木屋の暖簾を分けてもらって所帯を持つはずだった。だけど、三人の兄達が揃いもそろってみんな家を出てしまって両親の面倒を看るものがいなくなった。仕方なく末っ子の俺に、東京の長兄の養子になって跡を取ってくれと兄達が頼んできた。お母ちゃんの実家には仲人が説明して、ようやく納得してもらった。俺は急遽跡取りにさせられたのであって好き好んでなったわけじゃない」

父のこの話は、後年になっても、兄弟の酒席で必ず話題に出たことだった。ひょっとすると、自分のやりたいことをやって成功した兄達に代わって犠牲的に人生を変更し、それをはねのけて今日を築いた末っ子の意気を示したのか、それとも十年に及ぶ両親の介護の疲労で倒れ、右目の視力を失った妻、君江に対する申し開きだったのかもしれない。

佳正の父親は婿養子で事業を起こし、建設用の石灰やセメント、川砂利の採取と販売を手掛けて一時成功した。その後、土木工事請負に手を広げたが業績は一進一退だった。そのため母親は苦労が絶えなかった。子ども達を育てるために女手一つで一町歩の田を耕し、どうにか家計を回していたという。佳正の兄弟は四男一女であった。姉のヨシは末弟の佳正を可愛がっていつも心配してくれる優しい姉だった。

「佳正、姉ちゃんが嫁に行ってしまうと寂しくなるけど、しっかり勉強して父ちゃんと母ちゃんを大切にしてあげてね。お前が偉くなって姉ちゃんの分までこの家を守るんだよ」

小学生になったばかりの末弟にそう言い残して、市街地で乾物屋を営む小和田家に嫁ぎ男児を授かったが、働きづめで倒れ、若くして亡くなった薄幸の人だった。

三人の兄達はそれぞれに個性があるが、中でも長男の裕造は際立っていた。若い頃から勉学に長けていて、同時にいわゆる学生起業家で野心旺盛な人物だった。上京して、コウモリ傘を製造する工場に勤めながら夜間の商科に学んでいたが、二年もしないうちにそのノウハウを全て身に付けると独立を果たした。大量生産でコストダウンを図り、あれよあれよという間に大成功して、人力車で大学に通うこともあった。卒業してから新型の雨合羽を手掛け更に大発展したが、その一方で子宝に恵まれることは無かった。ある晩、男の子をどこからかもらい受けてきて佳正の兄嫁に当たる妻に、

「これは今日から俺達の子だ。日本で一番になるように国一という名前に決めた」と、今なら大問題になるようなことをしたが、その養子が養母思いの親孝行に育ったのだから世の中は何が幸いするか分からない。その後、この豪傑で秀才の長兄が、四男で末弟の佳正を東京に呼び寄せて中学と専門学校に入れてくれたのである。

「お前は将来アメリカに行け。あそこには自由とチャンスがある。日本にしかないものを持ちこんでアメリカでやってみろ」と励まし、そのために必要な進学を面倒見るほどに佳正の人生に大きな影響を与えた人物であった。

「お父ちゃんが尋常小学校を卒業してから東京に行ったのが大正十年四月、十二歳の時だ。毎朝弁当を二つ義姉さんから持たされて神田錦町にあった錦城中学で商業を学び、夕方からは正則学校で英語を教わった。長兄裕造の、夢のような話を聞きながら勉強に励んで二年余りが過ぎた。ところが大正十二年九月一日正午頃に関東大震災が起きて東京の至る所で大火が猛威をふるい、十万五千人という人が亡くなった。夥しい遺体と逃げまどう人々の中を無我夢中で学校から歩き続け、ようやく居候をしていた兄貴の家に辿り着く

と、家も工場も焼け落ちていて辺りの家屋の殆どが全焼か全壊していた。裕造兄貴から、俺は工場を復興させるために残るがお前はどんなことをしてでも生き延びて茨城の実家に辿り着けと言われ、汽車を乗り継ぎ汽車が動かなくなると、途中から歩いて命懸けで一日半掛かって家に帰って来たんだ」

この体験は後の事業家、藤原佳正の原点となった。

「震災後、裕造兄貴の工場もつぶれ、東京の修学と外国への夢は遠のいてしまった。しばらく家の仕事を手伝っていたが、知り合いの世話で結城の加山材木店に奉公に出ることになった。ご主人が佳高という名前で同じ『佳《よし》』だったので丁稚の俺は『けいどん』と呼ばれたよ。夢は破れたが、この時の体験のお陰で、世の中は何が起きるか何が幸いするか分からないということを、身をもって知ることが出来て俺には大きな勉強になった。震災で焼け野原になった東京は、復興の建設ラッシュが起きて加山材木店もその特需で大商いをしていた。この時、世の中に大災害が起きた後には必ず復興の特需が生まれることと、その時に必要な物資は先ず木材を始めとする資材だと知ったんだ」

こうして佳正は大災害の後には復興の特需が必然的に生まれることを全身で悟ったのだった。この前後のことを話す時はいつも目を輝かしていた。

「よし、俺はいつか茨城県で一番の材木屋になってやると、そう心に決めた。もし世の中に大災害が起きた時にはいち早く復興の役に立てるような仕組みを常に考えながら一生懸命に仕事をした。重い材木を誰よりも多く担いで加山材木店のご主人や番頭さんに認められたのさ」

「お父ちゃんが材木を担いだの？」と、龍彦が訊ねると裸になり大きな両肩を見せた。

「ほら、担いだ右肩には毛が生えてないだろ」と、左の肩に生えている毛と比べて見せて、相撲が強かった青年時代にほかの誰も担げないような重い材木を担いで運んだ歴史を証明して見せた。酔って機嫌がよい時は一層詳細に語って聞かせるのが常だった。

佳正は関東大震災の地獄絵図のような最悪の体験と運命の中から、大災害は復興を招くという真理を心身にたたき込み、自分の事業のビジョンにして藤原工業を立ち上げ成功して行ったのである。後年、太平洋戦争中の軍需産業への参入の時も、終戦後の復興の場面でも更に進化し飛躍に繋げた。同時にどん底をチャンスにする生き方を、幼い、あまり自分に似ていないように思えるひ弱な末っ子に、ことある毎に話したのだ。それが永い間に不思議な力と意識を龍彦に伝えていったのである。

龍彦が九歳になる頃には新聞記事から政治の話を引用して解説する父だった。

「ソ連とか中国や北朝鮮など社会主義の国々は一部の独裁者が権力を持っていて国民に自由がない。自由がない国はいずれ崩壊する。だからお父ちゃんは自由党に入党した。そうしたら今度は自由党と日本民主党が合併するっていうのだ。世の中はどんどん変わって行く。たっちゃん、お父ちゃんは、どんな世の中になってもその時代に対応して人の上に立てる人間になるように頑張っている。分かるか」

父の話の内容は、半分以上が分からなかったが、一人の人間として自分を認めて一生懸命に説明してもらえることが龍彦には嬉しくてたまらなかった。

父の事業は順風満帆だった。藤原工業は昭和二十五年に事業を統合して法人化し、株式会社藤原工業がスタートした。戦後の復興から朝鮮動乱の特需、そして昭和三十年代になると右肩上がりの好景気が東京オリンピック迄一気に続いた。その一方で、昭和三十四年に五十歳にして茨城県議会議員に立候補し当選、その後、連続三期当選し三期目には念願の議長に就任した。そして、議長を一年で辞任すると自由民主党公認で第八回参議院選挙に出馬し、遂に国会議員にまでのぼりつめたのである。

ところが翌年の総選挙で県内派閥のボスにあたる大川寿雄の選挙対策本部長として駆け回っているうちに体調を崩し、緊急入院した。自分を参議院議員に引き上げてくれた恩人に恩返ししようと、体調不良を隠して無理したことが病状をさらに悪化させたのだ。血便がはっきり分かるほどになっていた。緊急手術の結果、胃に大きな潰瘍が見つかり、そこから大量の出血が確認された。胃の八割を摘出する手術は成功したが、むしろその時に発見された大動脈瘤の方が生命にかかわる難病だった。しかし、そのままならいつか破裂したかも知れないものが発見できたのだから不幸中の幸いとも言えた。後日、その大動脈瘤を取り除き人工血管にとりかえる大手術を乗り越え、一命をとりとめたのだ。並外れた頑強な体力と幸運により一時は回復して国会の参議院農林水産委員会に出席するまで回復したが、間もなく再び倒れた。今度は脳梗塞と動脈硬化症まで併発し、昭和四十五年十一月、常任委員長就任を目前に政界引退を余儀なくされた。

翌四十六年、春の統一地方選挙に長男の征彦が弱冠二十八歳で茨城県議選に立候補し当選した。父に代わり近い将来の代議士候補と目されていた征彦は、龍彦が拘留されたこの時、既に二期目に入っていたのである。

トイ面の鉄格子の部屋に拘留され、親戚中から厄介者にされている安田正明にとって、嘗ての国会議員をおじさんと呼び、現職の代議士候補の有望県議を征彦さんと、なれなれしく連発することが、娑婆から隔絶されたこの特殊な社会で唯一胸を張れることなのかも知れないと、龍彦はそんな思いで正明を見ていた。そうこうしている内に、正明の紹介と解説によって同房の縁となった面々の、それぞれの罪状や経歴が知りたくもないのに分かってきた。左隣の久松という男は人の良さそうな田舎芝居の役者のような顔立ちをしていた。

「藤原さんのお父さんは、そこら中に土地をいっぱい持っているでしょ。国道五〇号沿線にもかなり広い土地がありますよね。私は国道五〇号の藤原工業資材置き場の近くでラーメン屋をしていましてね」

初対面なのになぜこんなことまでと思うくらいに、ここの人々が自分のことを知っていることが不思議に思えた。そのことは後に徐々に分かってくるのだが、このラーメン屋が朝な夕なに仏像に手を合わせているのを見て、この人は信心深い人だとしか感じていなかった。ところが一週間もすると気心が知れてきて、ある時、久松の身の上話に相槌を打っている時だった。

「私は不倫相手の女にそそのかされて、その女の旦那を殺してしまったんですよ」と言うので驚いた。それを聞いて間もなく、しばらく前の殺人事件の新聞記事が思い浮かんできた。身近で起きた殺人事件を新聞記事で読んだ時の犯人像は、俗に言う極悪人のイメージであったものが、こうしてお互い自由を失った隣人となってみると同じ犯人なのにただのお人好しの親父に見えてきて、その受け止め方の落差が自分の立場の変化を微妙に物語っているように感じた。

「藤原さんは大学の法学部卒業ですってね。私は不倫相手と共犯には違いないが、その女にそそのかされてやっただけなんですよ。それでも十三、四年くうことになりますか？息子がいるので十年くらいで出してもらえれば、やり直しできると思っているんですよ」

と、訊かれて返答に困った。それでも、信用して相談してくる彼らの真剣さには応えてやりたいような気持ちになることもあったのだ。多分、龍彦が取り調べで部屋を留守にした時に、おしゃべりな正明が得意げに龍彦の個人情報を話したに違いないが、お陰で新入りの我が身が、短期間の内に、この底辺の特殊なチームの面々から一目置かれる立場になっていったことは間違いなかった。

右隣の強姦犯の若い男は石田といって、龍彦の実家の隣町で大工見習いをしていて、未成年の女性を暴行した時のことを詳しく説明してきた。

「兄貴の作業場で一人、残業していた時のことです。近くにキング縫製のライン工場と女子寮があってよく夜の散歩に若い女子工員が一人で歩いているのを見ていました。あの晩も一休みに外で一服していると暗い夜道を一人歩きしている若い娘が目に留まって、後は夢中で林の中に引っぱりこんで無理矢理犯したのです」

「その時、脅迫したり刃物をつきつけたりしたのですか?」

「いえ、刃物はもっていなかったのですが、首を絞めて、騒ぐと殺すぞって脅かしたらおとなしくなってそれで……。後で分かったのですがその娘は十八歳で処女でした。俺、何年くらい刑務所に入ることになりますか?」と、怯えたように訊いてきた。自分が知る範囲で、

「最悪のケースだね。強姦罪というのは親告罪といって被害者が告訴して成立する犯罪だ。石田さんはそれで逮捕されたわけだ。難しいだろうが被害者に謝って、もし和解してもらって告訴が取り下げられれば罪は軽くなるかもしれないな」と、分かりやすく説明すると目を輝かせて喜んだ。

「大工の頭領をやっている兄貴に被害者と和解して謝ってくれるように頼んでみます」と何度も礼を言っていた。それから一週間後、その通りに和解が成立したと言って石田は釈放され嬉しそうに出て行った。強姦という罪が、如何に卑劣で、男として最低のことであ

るか幾度も話して聞かせ、

「もう二度とここにくるような悪いことはするな」と、龍彦が言うと、

「藤原さん、お世話になりました」と頭を下げた。妙に龍彦は嬉しかった。

石田と入れ替わりに広域指定暴力団傘下の一つで、県南西部をシマにしている大澤組の組長が入ってきた。顔がとても大きくて両手の小指を詰めたらしく包帯をして夜も眠れずにうなり声を抑え気味にして激痛に耐えていた。しばらくして、痛みが落ち着くと組長が龍彦に声を掛けて来た

「藤原工業の藤原さんというと、親父さんが元国会議員で現職の藤原県議の弟さんですか。だったら、すぐ出られるよ」と、ドスの利いた低く響く声で言い切った。

「そんな簡単なわけにはいきませんよ」と龍彦がどう否定しても全く動じるそぶりをみせない。それどころか、大澤の言葉にはなんの根拠も無く屈折があるにしても、裏の世界で生き抜いてきた男の人生観からくる不思議な説得力が感じられてどこか重みがあった。

このほかにもパチンコ屋に勤めていて、こそ泥をしてしまった青年は、

「俺、ここから出られたら今度は真面目に働くつもりです。俺はパチンコ屋の仕事が好きなんですよ」と目を輝かして話してくれた。窃盗犯、傷害犯、覚醒剤使用の容疑者が時々

入れ替わりしながらも常に満室のままでいるのは、安田が話していたとおり留置場が拘置所の代用を果たさねばならないほど、世間でいかに犯罪が蔓延しているかを示していた。

龍彦がここに来て初めに驚いたのは女の被疑者が同居していることだった。正規の拘置所や刑務所は男女が隔離されているが、留置所に限り男女混合だったのだ。その紅一点は西茨城セントラル劇場のストリッパーで、支配人と呼ばれる男と二人揃って逮捕されてきていた。この異色のコンビは、昼間から漫才コンビのように冗談を飛ばしてはみんなを笑わせていた。女は芸名のままマドンナと呼ばれ、その明るさに龍彦も救われる思いがしていた。そんなある日、そのマドンナから突拍子もない提案が出されたのだ。

「今日の監視当番は駐在所の鈴木さんだからさ、あまりうるさくないからさ、みんなで歌合戦をしようよ」と言うのである。いくらなんでもそれは無理だろうと思ったが、黙っていると、

「私が鈴木さんに頼んでみて、もし見ないふりしてくれるようだったらやろうよね、みんな」とマドンナ。

毎日のように入れ替わり立ち替わりの留置場兼代用拘置所の顔ぶれが、この日限りの一期一会を惜しんでの精一杯の友情表現なのだが前代未聞のことに違いない。起訴を免れな

い者や刑期が長くなりそうな人間は時として元気がなくなるものだが、この時ばかりは全員一致でマドンナの提案に賛成し、その交渉結果に注目していた。

「鈴木さん、私達にお別れの会をやらしておくれよ。みんながさ、それぞれ自慢の歌を一曲ずつ歌い終わるまで耳栓して聞こえないようにしてくんない？　お願いだからさ」と、切り出した。定年間近で人の良さそうな鈴木巡査は少し考えるように間を置いた。

「馬鹿を言うな。そんなことできるわけがないだろ、だめだ、だめだ」と、小さな声で言うとそこから場外に出てしまった。その声音と表情から、見ないふりをするという暗黙の了解らしき空気を感じたマドンナは間髪を入れず開会宣言をした。

「では只今から、お別れ記念のど自慢大会を行います。一番バッターは言い出しっぺの私が『瀬戸の花嫁』を歌います」と、言い終えるや歌い出した。話している時のしわがれ声とは別人のようなきれいな声で歌い上げると、自然に全員から起きた拍手に応えたマドンナから、「じゃ、次は支配人」と指名された男は尾崎紀世彦の『また逢う日まで』を歌った。まちがいだらけで調子が外れていても「うまい、うまい」とこれまた全員の拍手を受けてしきりに照れていた。

大澤の親分はさすがに任侠道を示すべく、高倉健の『唐獅子牡丹』を熱唱すると、このところ落ち込んでいて差し入れ屋の弁当がまずくなったと、当番の巡査に噛みついてなだめられたりしていた安田正明も、次は俺が歌うよと名乗り出てフランク永井の『有楽町で逢いましょう』を上手に歌いきった。するとお隣の、役者のようなラーメン屋は、東海林太郎の『名月赤城山』を振り付けまでいれて、やんやの喝采を浴びた。

新入りのダンプ屋の男は、覚醒剤と無免許運転の常習犯で、普段は独房の中では殆ど話すこともないのに突然、〝母さんが夜なべをして手袋編んでくれたー〟と、似つかわしくない甲高い声で歌い出した。聴いている内に正明が泣いていた。龍彦も母を思い、妻や二人の子どもに申し訳ない気持ちがこみ上げて涙が溢れてきた。その時、廊下で、誰かきたらすぐ止めるための見張りをしてくれているように見えた鈴木巡査が、大きな咳払いをしたのが分かった。するとマドンナから、

「いよいよ今日の取りを歌って頂きましょう、藤原さんどうぞ」と、紹介された龍彦は十八番の『南部牛追い唄』をいつもの通り目を閉じて歌い出した。

「田舎なれどもさ〜は〜ェ南部のくには〜さ〜西も東もさ〜は〜ェ金《かね》の山こらさんさェ〜。今度来るときゃさ〜さ〜は〜ェ持ってきてたもれや〜奥の深山のさ〜は〜ェなぎのは〜葉をこらさんさえ〜」と、母の好きな民謡を、ゆっくりとした旋律で美しいと言えるほ

どに澄んだ声で歌いきり、最後は静かに終了したのである。目を開けると拍手が起きない代わりに全員が泣いているようだった。しばらくして監視の鈴木巡査が戻ってくると龍彦のいる独房に近付き声を掛けてきた。

「藤原よ、あんたの親父さんには俺が若い頃、言葉に言い尽くせないほど世話になったことがあるんだ。帰ったら親孝行をしてやってくれな」と小声で話してくれたので、しばらくの間、涙が止まらない夜になった。龍彦はどん底のように見える鉄格子の中の一期一会を素直に受け止めて、生きていることを強く実感していた。


その晩、龍彦は夢の中にいた。

夢の中の自分は小学五年生の冬休みに入ったところのようだ。こたつに寝ていて目を覚ますと寝汗をかいていて気持ちが悪い様子。それからまもなく左足の踝の激痛に気付いて、「お母ちゃん」と叫ぶ。「痛いよ、痛いよ、足が痛い、ずきんずきんしているョー」と、泣き叫ぶ我が子に尋常でない何かが起きていると悟った母は、開業間もない森田整形に龍彦を連れて行って診察を受けさせた。神経質そうなその医師は最新のレントゲンで何枚も写真を撮ると、激しい痛みがさらに増している小さな患者を診て出した結論は、急性骨髄炎で悪くすると足を切断しなければならないというのだ。気丈な母は龍彦を連れて取って返し、巨体の父親が時々起こす神経痛の治療に往診してくれる郷間医院の院長に緊急往診を依頼した。

どのくらい時間が経ったのか、うたた寝から再び激痛が龍彦を現実に引き戻した。自宅の二階に寝かされ、脇に母がいる。お手伝いの二人が、「たっちゃん、がんばって」と泣きながら両腕と両足を押さえ込む。帰宅してきた中学二年の兄が呆然と立って見ている。郷間先生のお抱え看護婦は、少し緊張しているようだが、先生は穏やかな表情の中にも自信をのぞかせているように見えた。とにかく恐ろしい痛みをどう表現していいのか、ありったけの声で「痛いよー助けてー」と叫ぶしかない。発病してから半日か一日か、時間の経過も分からないほどの痛み、それも今まで感じた痛みとは全く異質の、足の中心から突き上げられる痛みに一刻の猶予もない事を全身で訴えるしか術がない。

郷間先生は、龍彦が今まで見たこともない太い注射針を垂直に突き立てた。

「ギャー」と、絶叫が一〇〇〇坪を超える屋敷中を駆け抜け、田園の静けさを打ち破った。さわることが出来ないほどの激痛の患部に、郷間医師は文字通り骨膜を突き破る麻酔注射を打ち込んだのだった。母の顔が自分の顔を覆い、間から見える郷間先生が今度は右手に鋭いメスを持ち替えて先ほどの痛みの根幹に突き刺した。声が声にならない。切り口からどす黒い血が噴き出したように見えたが定かではない。

龍彦は自宅での緊急手術が決まった際、執刀される時には起き上がって、手術を自分の目で見ることを懇請し許されていたのであった。あの忌まわしい痛みと恐怖から解放されるのであればなんでも受け入れる覚悟みたいなものが、十一歳の少年の精神を俄に成長させるほどの絶体絶命のピンチだった。自分の絶叫と母の泣き声が耳に残ったまま意識を失った。どのくらいの時間が過ぎたのだろうか。気がつくと、先ほどまで両手両足を押さえ込んでいた女中達の姿が見えなくなっていた。つい先刻までの骨の内側を腐らせてしまうようなあの恐ろしい痛みから解放されていた。郷間医師は手術後の片付けと包帯を巻き終わるとこちらに向き直り、

「龍彦君はお父さんより強いな」と言って笑った。意識が少しずつ正常に戻り始めたところで、手術前の激しい痛みと闘う最中に母から聞いた言葉を思い出していた。

「郷間先生は戦争中には陸軍の軍医さんで、南方の戦場で何百何千という兵士の病原性骨膜炎や骨髄炎を治療した経験がある先生なんだよ。必ず治ると言ってくれたから、家で緊急手術してもらうからね。お母ちゃんが代われれば代わってあげたいけどそれはできな

い。一緒にいるからね、一緒にがんばるから」と、真剣な母の顔に慈母観音様を見たような思いがした。夢の中でいつの間にか観音様の顔に代わっている母の目から涙が流れているが、顔は微笑んでいる。

母は、龍彦が幼い時からこの母なればこそという話をさりげなく話してくれた。「たっちゃんが赤ちゃんの頃、しぶりばら（便秘か便の詰まり）になると、おかあちゃんがお尻からうんちを吸い出したのよ」と、聞かせてくれた。「汚くなかった？」と、尋ねると、

「汚くなんかないよ。可愛いたっちゃんが気持ちよくなるのを見て嬉しかったよ」と笑うのが常だった。その慈母観音の母に心配ばかり掛けている自分が情け無かった。

「小さい頃から俺は病気をしてお母ちゃんに心配ばかりかけてきた。俺はもう決して病気に負けない、心配をかけない。必ず強くなる。強くなってお母ちゃんに心配かけない人間になるから……」

夢の中の自分が何度も母に詫びていた。

目が覚めると、十月に入った留置場は少し冷え込んでいるというのに顔面に汗をかいて

いた。まだ誰も起きていないようだ。龍彦は時折、あの時の手術の場面を夢に見ることがあった。その時には目が覚めると決まって左足の踝あたりをさすり、無事を確認してふーっと息を吐いた。手術後十日を過ぎた頃、

「多分これで再発することはないと思いますが、稀にそういうことがありますので注意していてください」と、郷間医師から言われた言葉が、二十年過ぎた今でも脳裏から離れないでいた。凄まじい二日間の体験が龍彦の人生観を大きく変えたのだ。この時の経験によって、初めて、人に助けて貰うことを痛感し、人に感謝することと、人間としての謙虚さを身に付ける原点になっていた。子どもながら、両親や家族、そして周囲の人々への感謝の気持ちを強く感じていた。郷間医師が軍医であったことも素直にありがたかった。それ以降、龍彦は多感な少年期に、病弱で神経質な、これまでの自分を変える生き方を意識して成長し、積極的に変貌して行ったのである。

　この日は検事調べの日だった。遅くとも二週間後には起訴か不起訴かが決まるであろうことが弁護士から告げられた。逮捕の前日、龍彦はひょっとすると、任意の取り調べから逮捕へということがあるかもしれないと、兄と幹部社員に匂わせておいた。しかし、昨年

の藤原工業グループ倒産以来、東京で生活をしている妻の由実子には、心配させたくないので黙っていた。いきなり逮捕されたと聞かされて、さぞかし、辛い思いをしているだろうと自らを責めて、まだ明るくなっていない南の方向に手を合わせて詫びた。

ここに来てから十二日が経過して拘留延期が通告された。これまでにいろいろ分かってきたことがある。初めての朝、何も知らない龍彦の手元に温かい弁当が届いた。差し入れ人は母、君江だった。申し訳なさとありがたさで胸がいっぱいになり涙で塩辛くなった卵焼きが半分も咽を通らなかったことを思いだしていた。

留置場には、差し入れ屋という食事を専門に代行して届ける指定食堂がある。差し入れが届かない人は、自分で注文することができるが有料だ。初めは温かいだけでもありがたいものだが長くいると、そうも言っていられないらしい。たしかに独占商売の所為か、慣れてくるととてもまずいのが身に染みてくる。かといって、規則によって他所に注文することはできない。拘留期間が長くなるとしょっちゅう文句を言って当番の監視を困らせる者も出てくる。

「監視さん、ちょっとこのカツ丼食べてみてよ。これじゃ、ただでも願い下げですよ。警察の指定食堂を変更するように署長に申し入れするから、手続きをさせてくれよ」と、詐欺そのほか複数の罪状により拘留期間が一カ月を超えた安田正明は再三抗議を試みるが、監視当番の年配の巡査になだめられていた。

「安田よ、来週辺りもう一つの方が起訴になれば一旦は娑婆に出られるんだから子どもみたいなことを言うな。安田が模範にならなくて誰がなるんだ」

「そんなお世辞にはもうだまされないぞ。俺達、未決被疑者にも人格と人権があるんだ。これじゃ、死活問題だよ。署長を呼んでくれ」

興奮して涙まで流している正明に龍彦は、

「正明さん、差し入れ弁当を注文するのをやめて官弁を食べましょうよ。案外肥満の解消になって味もうまいかも知れないですよ」

「良家のご令息から言われちまったね」と、正明が苦笑いすると久しぶりに面々から笑いがこぼれた。

規則で決まっているのだろうが、留置されている者及び拘留の者も一日一回に限り運動時間というのがあって、約十五分間、裏のテラスのようなところに出される。そこでは煙草が三本支給されるが、龍彦はこの年から禁煙をしていたので、その都度他の連中に分けてやり、感謝されていた。

この頃になると検事調べの無い日は、差し入れの本を読んだり瞑想にふける時間が増えた反面、メンバーの半数が新入りに変わった留置場兼代用拘置所は以前より会話が少なくなっていた。それまで理由も告げられず、龍彦には面会者が現れなかったのに、その頃から弁護士が一日置きにやってくるようになった。その弁護士は、会長である兄が債権者と和解するために、毎日必死でぎりぎりの折衝をしていることを伝えてきた。格子の中にいても兄が自分のために奮闘していることが手に取るように分かるのだった。


ところで、仲の良い兄弟と評判の二人にはエピソードがあった。弟の龍彦が物心ついた頃、母親から何度も聞かされた自分の名前の由来だ。

「たっちゃんの龍彦って名前はね、お父ちゃんが知り合いの小野田さんという名付け名人と呼ばれる人に付けていただいたの。佐代子も小野田さんが付けてくれてお父ちゃんが気に入って決めたのよ。でも龍彦という名前は本当はね、お兄ちゃんが生まれた時、小野田さんが付けてくれた名前なの」と、教えてくれた。幼い龍彦には最初その意味が理解できなかった。

「どうしてお兄ちゃんの名前がボクの名前なの?」何度も母に尋ねた。

その内、少しずつ理由が分かってきた。兄の征彦が生まれた昭和十八年三月の時節は太平洋戦争の真っ只中で、戦況は風雲急を告げていた。念願の長男誕生にバンザイをして喜んだ父が、名付け名人の小野田さんから良い名前を頂いたと言って紙に書いて神棚に貼り付けて祝ってから考えこんでしまったという。

「戦争に勝たなければ長男が健やかに育って俺の跡を継いでくれることも出来なくなるかもしれない。お母ちゃん、名付けの下の方を頂いて戦争に勝つように征彦と付けたいと思うのだが、どうかな」

「待ちに待った長男の名前はお父ちゃんの考えで付けるのが一番だよ。征彦って名前も良い名前ですよ」と君江も賛成して、兄は戦勝を祈願して龍彦改め征彦と命名されたのである。その二年半後、君江が終戦の少し前に身ごもったことを知るが、本土決戦を前に堕胎することを夫婦で真剣に相談したという。危ういところだったが、終戦と母性本能とに助けられて、翌年二月、藤原家の次男として無事産声をあげることができた。

「又、今度も小野田さんに名前を頼むことにしたよ」

「それがいいですよ。戦争が終わったし、きっと又、良い名前を考えてくれるでしょ」

こうして、名付け名人に頼んで三日後に書いてもらって来た次男の名前が何と、三年前に長男誕生の際に一度は長男に付けてもらった名前だったのだ。戦争の成り行きによっては、この世に生まれ出ることもなく葬られたかも知れない危機を、終戦によって救われた龍彦は、本来なら兄に付けられたであろう名前を貰い受け、めでたく〝藤原龍彦〟としての人生をスタートした。

「龍彦という名前は、本当はお兄ちゃんの名前でお兄ちゃんから、たっちゃんがもらった名前よ。だから自分の名前を大切に思うということはお兄ちゃんを大切にすることと一緒なのよ」

この先、折にふれて母から聞かされたいきさつは、この兄弟にとって、その昔、徳川家康が残した長幼の序のような教えとなって、生涯助け合うことに繋がる要因となって行ったのかもしれない。

拘留期限を四日後に控えたその日は、既に十月半ばを過ぎていた。三度目の検事調べで移送される車窓から見る郊外は錦秋と呼ぶにふさわしく、色づき始めた木々の葉が美しかった。

次の朝、署長の巡回があった。

「藤原、変わりはないか、体は大丈夫か」と、ここに来てから初めて名指しで声をかけられた。その瞬間、何か変化があることを直感した。果たせるかな、その日の午後、県議である兄が面会に現れた。面会室に通されると、議員バッジを外した兄が待っていた。

十九日ぶりの対面だが書記の刑事が立ち会いなので、ぎこちない会話で始まった。

「元気だったか？　体は大丈夫か」と兄。

「うん、大丈夫だ。親父とおふくろは元気？」と、龍彦が聞き返す。

「二人とも元気にしているよ。由実子さんも子ども達も元気だから心配ないよ」

顔では互いに笑おうとするが、昨年の倒産以来、共に戦い、共に助け合って来た戦友である二人の心の会話は別の以心伝心を交わしていたのである。

（俺の身代わりとしてここに入れてすまない。近いうちに出られるようにやっているからもうしばらく我慢していてくれ）

（分かっているよ。兄さんがどういう手を打つか分かっているから心配はしていない。ここにいる俺よりそっちの方が大変なことも分かっているよ）

龍彦は立ち会いの刑事に気を配りながら一つだけ大事な情報を得ようと試みた。

「ところで債権者の人達は気持ちが収まったかな？」と遠回しに言うと、立会人の刑事は、

「そういう話はしないように」と、言って龍彦をにらみつけてから再び何かを書き始めた。

「……」兄は黙ったまま指で輪をつくり、刑事に感づかれないようにＯＫのサインを示した。

その時、龍彦は警察署内の面会室に掛けられている鏡に目が留まった。その向こう側に微かな人の気配を感じたのだ。誰かは分からないが複数の人間が自分達二人を見ていることを肌で感じ、ハッとした。と、その瞬間、ある衝撃的な記憶がよみがえったのである。

（この面会室の隣に小さな部屋があるのをいつか見たことがある。あれは、いつのことだったろうか。そうだ、思い出した。あれは三年前に藤原工業が警察署の改築を受注し、工事中、二度現場を見にきたことがあった。その時に説明された現場で取調室の隣に秘密の立会室らしき場所があった。この部屋は恐らくその隣室から見られているに違いない）

和解に向けて動いていることが兄の指のサインで分かった今となっては慌てることもないが、自分の会社が請け負って完成させた建物に自ら拘束された日々が、人生のどん底と反省を象徴する出来事に思えた瞬間だった。

それから三日後、担当の検事がやってきた。今までに入ったことのない部屋に通されてしばらくの間、待たされた。少し離れたところに刑事達が集められ検事の説明を聴いている様子が断片的に聞こえてきた。

「結論的に申し上げると、本件は民事事件の債権回収を図ろうとした一部債権者が起こした告訴であることが判明し、刑事事件としての立件を断念しました。よって不起訴処分とします。以上」

龍彦が逮捕された容疑は業務上横領だった。ゴルフ場の資金不足を補うために親会社の藤原工業の資金を流用していたのである。それが慢性化した頃、藤原工業が他社と共同企業体を組んで仕事を受注したことで、その資金を一時借りては返し、返しては借りるという状態が続いていた。そのうちの一部が残っている状態のまま藤原工業が倒産に至り、共同企業体の債権者から告訴されるに至ったのだった。兄が必死に債権者と話し合い和解にこぎつけて不起訴に持ち込めたことが想像できた。


検事から直接に同様の説明を受けた後、警察の幹部からもこうした説明があり、翌日、釈放された。西茨城署の裏口から外に出ると兄の県議事務局の樺山が迎えに来ていた。

「社長ご苦労様でした。新聞には、近日中に実兄の県議を事情聴取と、大きく書かれましたが社長が全て背負う覚悟で乗り切ると私は信じていました。さすがです」と賞賛した。

拘留中の刑事や検事の取り調べは、県議であり藤原工業の会長である征彦を事件の首謀者と見て逮捕する狙いだったことは確かだった。龍彦はそのことには一切触れず無言で夕焼けを見ていた。車は実家に向かっている。久しぶりに見るような景色に思えた。

弟であっても、龍彦は藤原工業の社長であり、ゴルフ場の倒産責任を自分が背負うことで、かすかな可能性が出てきたゴルフ場の再建に尽力する覚悟は以前から出来ていたのだ。

警察に逮捕される二カ月ほど前、藤原工業の不渡り手形が指定暴力団の一家である高山総長のところに取り立て依頼されたことがあった。下請けの山田組が腹を立てて嫌がらせにしたことだが、こちらにも弱みがあり、暴力団の不法介入に対して警察に相談も告訴もできないでいた。警察は警察で自分達兄弟を調べている筈だった。仕方なく龍彦は義父に出してもらったことにして、ようやく額面の半分の金を総長の自宅に届け、高山総長と担当の県南方面をシマにしている組長に対面して取引をすませたのだった。実際には、龍彦が自分の住まいを捨て値で売却して残った虎の子だった。

「藤原さん、兄《あに》さんは来年の県議会議員選挙に出馬するという噂があるが、本当のところはどうなんです?」政治的ライバルである西茨城の勝又市長と昵懇と噂のある総長だから、多少こちらを見下ろしながら切り出してきた。

「噂は面白おかしく広がるのでしょうが、未だにこうした取り立てに追われているようではとても無理ですよ」と、龍彦はその任侠道を気取る初老の男に皮肉を込めて話した。すると総長は話題を変えた。

「藤原県議は、今のうちに勝又と握手する気はないですかね。困った時は、お互い様って言うでしょ。私で良ければ、仲介の労を厭わないですよ。市長が藤原さんご兄弟の味方になるっていうことを覚えておいてくださいな」

「我が社は、もう政治どころではありません。残ったゴルフ場だけでも早く整理して、ご迷惑をお掛けした債権者や関係者に誠意を尽くすだけです」と、じっと、高山の目を見据え腹を括って話す龍彦から高山が目線を外した。

「藤原さん、今お茶を入れた若い衆はね、以前、手がつけられないほどの暴れん坊でしてね、少年院を出てから私がずっと面倒を見ていて親御さんからえらく感謝されているのですよ」と、猫を膝の上に載せて頭をなでながら低い声で自慢した。龍彦は、（あんたは、あの青年を将来有望な暴力団幹部にでも育てようというのか？）と、心で問いかけていた。すると、それまで、胡座を組んで、龍彦を睨んで話を聞いていた南茨城の組長という赤鬼のような肥満体の男が大声で二人を割って入ってきた。

「藤原さんよぉ、こうして総長が中に入って下さって山田組に債権の半額で我慢させたのだから、社長だけでなく県議の兄さんもここに来て総長に頭を下げてもいいんじゃねえのか」と、凄んで見せた。どうせ依頼主には一割程度の涙金しか届かないことを知っていたので、(困った人だけをいじめ、弱みのある人から絞り出して取り立てるゴキブリ野郎め)と心の中で言って思わず笑みをこぼしてしまった。この時も龍彦は（俺が社長だ。兄を暴力団の総長などに土下座させてなるものか）という思いで乗り越えた。龍彦が逮捕された数日後、その総長が懇意の市会議員を通じて県議事務局の樺山に電話をしてきたことを実家に向かう車中で聞かされていた。

「藤原社長は、この前の和解金のことを警察にしゃべることはないか?」と、青くなって言ってきたのだった。

「任侠道が聞いてあきれるな。取り立てした金の殆どを懐に入れただろうから警察が介入したので慌てている。馬脚を現したな」と、そんな会話をしている内に車は実家に到着した。

母は抱きしめてくれた。大病後の父は脳軟化気味で末っ子が遠くの外国から帰ってきたものと信じていた。龍彦は救われたように、

「父さん、只今。外国よりもやっぱり家がいいな」と、龍彦もそれに合わせた。兄とは目と目で思いを交わして固く握手をした。

「ご苦労さまでした」と、義姉の和子は丁寧に頭を下げて迎えてくれた。龍彦は、独身時代に食事などで和子の世話になったことを忘れたことがなかった。そもそも妻の由実子を紹介してくれたのが和子の母だったこともあり、ことのほか義妹である妻に気を配ってくれることにも感謝していた。和子の方でも、どん底での負の後始末を夫に被せない義弟の心意気をよく理解していた。夕方、タクシーが着いて妻の由実子が四歳の長女美里と二歳の長男道央を抱えるように降りてきて、龍彦に抱きついてきた。

言葉にならなかった。倒産の時、夜逃げ同然で東京迄タクシーと電車を乗り継いで逃げて行った時にも涙を見せたことがなかったと聞かされていた妻だった。突然、夫が逮捕され二十三日ぶりに再会したのだ。気丈な妻のこれまで耐え忍んできた我慢が堰を切ったようにあふれ出し、夫の腕の中でしゃくり上げて泣いていた。

「すまない。ゆるしてくれ」龍彦は、この一言が精一杯だった。

当初、無理かなと半分諦めかけていた結婚を由実子が承諾してくれた時、「俺はこの人を幸せにするために生きて行こう」と、本気で考えた。ゴルフ場事業参入を決意したことも一番は妻のためと思っていた。それなのに、ここまでの結果は何もかも反対に作用していた。龍彦は心の中で、これまでの自分の甘さを詫びていた。

（二）　運命の出逢い

藤原龍彦が山中由実子と初めて会ったのは昭和四十六年八月だった。この日は、兄嫁和子の実家の母親から紹介されて、興北リゾートゴルフクラブの山中幸次郎社長とその一人娘の由実子と会うためにやって来たのだった。和子の母を〝大宮田のお母さん〟と、呼んで慕っていた龍彦は以前から、その大宮田のお母さんが持ってくるかもしれない縁談で縁結びができれば兄夫婦といつまでも仲良くできるなどと、若者らしくない理由で待っていたような気がしていた。そこに期待通りの話が来たので飛びついてこの初対面に至ったのだ。

一方、由実子の方はというと、その日、理由も告げられずに東京から茨城県大宮田町の両親の新居に呼び出され憂鬱になっていた。そこから迎えの車に乗りゴルフ場に来て待たされた上に、龍彦の到着が遅れたため、一度両親の自宅に戻され、再度父の呼び出しを受けてすこぶる不機嫌なままの対面になった。ともあれ、そうした状況の中でも談笑が進んだ。

「藤原さんは、若いのに建設会社の社長で、たいへんですね」と、幸次郎が水をむけた。

「兄が、四月の県議選挙で当選したものですから、リリーフピッチャーみたいなものです」

「お兄さんが県議選挙で最年少記録の当選をして兄弟で抱き合っている写真、新聞で見ましたよ」

「そうですか。父が、参議院議員に当選して二年目で病に倒れ、兄が代わりに県議に出馬してこうなったものですから本来の家業である建設会社の社長を続けられなくなりました。父が社長をしている生コン会社副社長の私が兼務することになりました。選挙はいろいろな影響を家族に与えるものです」と言うと、由実子が頷いたように見えたが、幸次郎はそれ以上選挙のことには触れなかった。すると、和子の母が、

「私が話すのもおかしいかも知れませんが、藤原の兄弟は本当に仲が良くて素適なコンビですよ」と、フォローした。龍彦も話題を変えた。

「ゴルフは、都賀城カントリークラブで二度、兄とプレーしたことがあります。ゴルフ場

は、広くて大きくて気持ちがいいですね」

それから一時間程談笑して、和子の母を自宅に送り届けた龍彦は電光石火、「この話、進めてください。お願いします」と、積極的に結婚を前提とした交際を申し入れて貰うことにした。その後、和子の母は何度も足を運んでくれたらしいのだが、半月が経過しても、色よい返事は届かなかった。ところが、龍彦を先に評価したのは、本人でなく彼女の父、即ち後に義父となる山中幸次郎だったのだ。

「僕は良い青年だと思うが由実子はどう思う?」

「僕は良い話だと思うが由実子はまだ決心がつかないのか?」と、一人っ子を嫁に出すこの話を積極的に進めてくれたという。

「女は嫁に行くのが一番」と、父親が、跡取りとか婿取りに拘らない姿勢がこの結婚の決め手になったのだろう。最後まで賛成しなかった母比佐子は、

「こともあろうに、茨城県に由実子を嫁がせるなんて私は反対です。それに、嫁に出せば、あなたの事業は誰が後継者になるのですか?」

「比佐子は、自分が東京にいつでも帰れるように、由実子を東京の落合に置いておきたいのだろ」

事業の都合で大宮田に転居を余儀なくされた妻の心の内を読みとっていた。

「それも少しはありますけど、由実子の旦那様があなたの跡継ぎになる人だと思っていましたから、少し複雑な気持ちになるのも当然でしょう」

こんなやり取りを繰り返している内に、縁結びの神様の導きで比佐子も賛成にまわったものと思われる。やはり、推薦人である和子の母の薦めと、由実子の父幸次郎の強い薦めが、決めかねていた由実子の心を動かしたのだった。

昭和四十七年五月、龍彦と由実子は結婚して西茨城市に新居を構えた。その直前に龍彦は兄と共に藤原工業の子会社としてナイスカントリークラブ建設を決断し、地上げを進めていたのである。龍彦は、結婚で結ばれた縁をこの上ないチャンスにしようと捉えていた。実父の佳正がかつて県議に立候補を決意する際、旧用賀郡が西茨城市に吸収合併されたことで大票田の地盤となった吉原町がある。そこに用材としてはあまり価値のない赤松の山林を一〇町歩ほど所有していることに着目した。

「龍彦さん、ゴルフ場やるんだってね。征彦さんから聞きましたよ。大変なこともあるかも知れないが、西茨城は東京から比較的近い立地条件に恵まれているので、完成すればうまくいくと思う。問題は大きく分けて二つです。それは第一に地上げの成功であり、二番目に会員募集がうまく行くかということだ」と、義父の幸次郎から指導された。

前年に出会ってから、何度か事業について話すことはあった。これまではお互いの事業の話を聞くだけの会話であったが、ゴルフ場をやることになった今は、既に成功者である義父と、これからスタートする自分が共通の土俵に上がったような気分がして龍彦は昂揚し、いろいろな質問をしてはメモをとっていた。

「ゴルフ場は大変な事業よ。動き出したら後には戻れないリスクがあるビジネスなのに大丈夫なの？　お父様も何度か挫折しそうになったそうよ。どうしてもやるというなら反対はしないけどよくよく考えてお義兄さんと相談して決めてね」と、新婚旅行中、ゴルフ場をやることを打ち明けた時に新妻から言われた言葉を義父に正直に伝えた。

「由実子がそんなことを言ったの。まだ子どもだと思っていたけど親のことをよく見ているものだね。たしかに簡単な事業ではない。しかし、やるとなったら何が何でもやり遂げる決意がないと何をやってもうまくいかないのだから、最終的には二人の気持ち次第だ」と、兄弟二人の気持ち次第と言いながら、自分自身が艱難辛苦の末に成功した同じ事業を義理の息子が志すことを喜んでいるかのようだった。その晩、遅くまで地上げのポイントやら、会員募集の資料作りの手順や会員募集のためのパンフレット作りから、そこに載せる発起人の人選に至るまで事細かに指導を受けた龍彦は、ナイスカントリークラブと名付けた子会社の成功を心に誓っていた。

　地上げは虫食い状態ながら、実父の山林を中心に十八ホールを造るのに十分な面積を確保した昭和四十七年九月、思い切って会員募集に踏み切った。その反響には兄弟共に驚いた。一日に三億円を超える入金が殺到したのである。ホッとした反面、もう後戻りは出来ない、という思いが交錯した。少しだけ経験のある支配人候補の国鉄OBが値上げを強く主張するので、多少人数が多くなっても必要資金を早く確保しようとする会長、社長も募集金額六〇万円を八〇万円にすることに同意せざるを得なくなった。経験不足の悲しさである。八〇万円に上がってからは入会のペースが目に見えて落ちたがそれでもまだ勢いは続いていた。当初計画した必要資金の半分くらいの見通しが立ったかに思えた。

「会長」、龍彦は兄をこう呼ぶようになっていた。

「会長、七村支配人は早く八〇万を打ち切り一〇〇万円にするように言っています。どうします？　私は、後は後として、ここで必要資金全てを賄えるところまで募集してしまった方が安全だと思うんだけど」と進言すると、兄も同様に、

「地上げ資金が当初計画の二倍に膨らみそうだ。あの地形ではやむを得ないが、不要な土

地まで買わなければ工事が難しい。いっそ、二十七ホールに計画変更して募集計画を見直ししよう。人数が増えた分は増設で理解してもらえる筈だ」と、応じて計画は拡大変更を余儀なくされた。その後も義父からは折に触れて、

「成功の鍵は土地の地上げと会員募集だ」と、何度も聞かされた。地上げでは同業他社と計画がぶつかり全国紙の社会面に、「土地喰い怪獣達の地上げ競争」と取り上げられ社会現象の一つとして批判されて危うく挫折しそうになることもあった。この時は相手の振興企画グループと和解して手を引いてもらい、却ってオープンの可能性を引き寄せた。病に倒れてから病弱になっていた父佳正までひっぱりだして同意を取り付けた地上げが一〇件を数えた。兄弟そろって一晩中頭を下げ続けたことが何度もあったほど困難を極めた。それでも藤原一族なればこその結束と努力によって三〇〇筆、一三〇人を超える地主の同意が得られ着工にこぎ着けたのである。

しかし難問はこの後も、これでもかと若い兄弟めがけて押し寄せた。地上げの終盤、既に工事が進められていた昭和四十八年暮れの頃だった。山本と名乗る男が突然やってきて、自分が委任されている物件が未契約のまま造成されていると慇懃に調査依頼してきた。

「何かの行き違いがあったのかもしれませんね。西茨城どころか茨城県でも名門の優良企業である藤原工業さんですから、私はそんな間違いをする筈がないと言って依頼者の大木太郎さんの相談を本気にしなかったほどでした」

「山本さん、先日、お電話でお聞きした地番と地積の山林は、隣の市議会議長の大木三郎さんが、実兄から管理と譲渡の権限全てを委任されている、とおっしゃって、その委任状がここにあります。それに弊社への譲渡同意書と工事着工同意書を戴いております。山本さんの委任状にある大木太郎さんという方は、三郎さんの長兄ですね」

「はい、その通りです。東証一部の日彰電設工業の会長でたいへん立派な方です。確かに、三郎氏は太郎氏の末弟ですが、ご兄弟でもえらい違いです。これまで会長は、三郎氏を支援して市議会議長にまでしてやったが、悉く事業に失敗した上に、自分の物でもない不動産を餌にしていい加減なことをして困っていると申しておりました」

「すると、弊社への譲渡同意書や着工同意は全く偽物だと言うのですか?」

「世間にはこうした兄弟間のトラブルは結構多いようですよ」

「しかし、市議会議長まで務めた人が、何の根拠もなく権限もない資産を共有と偽っていたとは信じられません。実印まで押しているのですから、長兄である大木太郎氏に同じ条件で譲渡下さるように取り次いでください。弟さんを詐欺罪で訴えるようなことはしたくありませんから」

「藤原社長のお気持ちはよく分かります。私も会長には、三郎氏の行為で藤原工業さんにえらい迷惑をお掛けしていると申し上げました。すると会長は、弟のしたことは、兄弟として恥じ入るばかりで、私に謝っておいてくれと伝言されました」

「では、三郎氏との契約と同意書と同じ条件で、改めて契約並びに引き渡しをお願いします」

　すると、これまでニコニコと愛想よく笑顔で話していた山本の表情から笑顔が消えて一段と低い声で慇懃な言葉であるが、本音の牙をちらつかせてきた。

「藤原さん、旧法で相続された物件で法的に太郎氏個人所有物件を、実弟が何を言おうと何を書こうと、調査をしないで工事を進めたのはお宅のミスですよね。大木さんも、弟のしたことは恥ずかしいとまで言っているのですが、太郎氏には何の落ち度もないでしょ。それを、人を欺そうとした第三者が決めた価格と条件を、そのまま飲んでくれなんて、委任された者として、そんなむしのいい話を聞くわけにはいきませんな」

「では、大木太郎氏の譲渡金額は幾らだというのです」

「五町歩の山林ですが、私が調べたところでは、これが無いとなればナイスカントリーはゴルフコースにならないですね。大木さんも弟が迷惑掛けたので少し安くしてくれました。きっちり二億五千万円丁度でお譲りするとのことです」と、先ほどまでと打って変わって見下ろすような目線で攻めて来た。

その物件の地権者はこの地域で名門の誉れ高い兄弟で、大地主グループの一つであった。折衝の窓口にしていた地主兄弟の内の末弟、大木三郎から、用地譲渡承諾と工事着工同意書を取り付けて全面的工事に移っていた。既に三顧の礼を尽くし工事着工の同意も得ているので、なにかの間違いではないかと考えたのが甘かったことを思い知ることになった。大木三郎は隣接市の元市議会議長であり、遠方にいる長兄から委任を受けているというふれこみに若い龍彦はまんまと引っかかったのである。

敵は綿密に計画を立てて実権のない三郎の肩書を前面に押し出し交渉の窓口に仕立てた上で、屁理屈を並べ正式契約を引き延ばした。既に取り交わしている同意書で信用させて工事を始めさせ、抜き差しならないところまで進んだことを見極めた上で、一部上場企業の会長を務める真の所有者大木太郎の委任状を示し、表向きには柔らかく、しかし、徐々に狙った獲物を追い詰めるように迫ってきたのだった。この藤原兄弟つぶしの計略には、中選挙区制であった当時、茨城三区選出で売り出し中の若手代議士が絡んでいた。今の内に大川派の後継候補にあたる若い芽を摘んでおくという政治的思惑で利用されたのである。

売買同意書では五千万円で売り渡し承諾になっていたが、その署名者である大木三郎はその後何度訪問しても居留守を使って会おうとせず、最悪の事態に追い込まれた。弁護士に相談し、義父にも知恵を借りたがどうにもならなかった。結局、藤原側は二億円を上乗せさせられて買い受ける羽目に陥った。それまでの地上げと工事金の支払いで資金繰りがいっぱいのところに来ていた兄弟は、これを境に深刻な資金調達に追われることになった。すんでのところで事業計画が頓挫する寸前まで来ていた。それでも若い二人は、これまで五年余の間に何度かの苦境を乗り越える度に結束を強くし、その度に逆境を跳ね返して前進してきた自信と信念みたいなパワーを持っていた。またしても苦境を乗り越えられるかのように見えた。が、今度ばかりは今までとは違った。そこから奈落への道が始まろうとしていた。

ともあれ、ナイスカントリークラブは艱難辛苦の後、昭和四十九年十月に十八ホールオープンにこぎ着けた。しかし増えすぎてしまった会員数と地上げした土地の帳尻を合わせようと、若気の至りで無理矢理九ホール増設を図り、自ら墓穴を掘った。無理が祟った分だけ当然のように押し寄せる地獄のような資金繰りの中で、会員権を担保にした高利の借り入れに手を染めてしまったのだ。そして三年後の昭和五十二年九月、遂に破綻に至ったのである。このゴルフ場事業の失敗は親会社である藤原工業を同様に巻き込み、他の関係企業二社共々飲み込んでしまうほどの破壊力だった。当時としては茨城県史上四番目の大型倒産と言われた。


力尽きる寸前の五月のある晩、龍彦は義父に電話で窮状を訴えて助けを求めた。それまでに延べ五千万円を用立ててもらっていて、ふつうの頼み事では済まないところに来ていた。龍彦にとって一番頼みたくない相手だがもう他に当てになる強力な支援者はいない。

「助けてください」と何度も頼んだ。

「分かった、出来るだけのことをする」と言われて一縷の望みを繋いだ。由実子は、

「お父様に助けてもらえるの?」と言うだけで複雑な悲しみに耐えていた。数日後、山中社長の配下である若い国松という経理課長がやってきて調査が始まった。

「この二〇〇〇万と、ここの三〇〇〇万円の支出は何ですか?」現金出納帳簿を調査する国松の質問に、

「あ、それは支払い金利です」と経理の女子社員は平然と答えた。

「金利?」と、言葉を失った国松は、興北リゾートに帰ってから山中社長に正直に報告した。

「社長、習慣というのは人の感性まで変えてしまうものですね。恐ろしいと思いました」

と、伝える一方で(わが社の山中社長がナイスカントリーの社長になっても先方の従業員の体質を変えられるかどうか疑問だな)と、内心では危惧したことを腹の中に収めることにした。

頼まれると、たいがいのことは断ることができない性格の山中幸次郎であった。が、今度ばかりは思案にくれた。顧問の弁護士、公認会計士、税理士、取り巻きのブレーンや信用できる幹部役員にも幅広く胸襟を開いて相談と質問を持ちかけていたのである。冷静に考えれば、過度な借入金や、まして高利の資金などは、いずれ返済不可能となり命取りになることは一目瞭然だ。ところが、追い込まれると、助かりたい一心でなんとかなると考えてしまうのが若い人間の弱さと愚かさだった。今のナイスカントリークラブがそうだった。

予期せぬ様々な障害が重なって、既に金融機関や関係会社の支援は限界を超えていた。

頼みの会員募集も必要資金には遠く及ばない。そんな時、会員募集業者からの、「少し金利は高いですけど、これの返済分くらいは、私の方で三カ月以内に会員権を販売して返済に充当しますよ」という薦めに、藁をも掴む思いで飛びつき泥沼に陥ったのである。あっという間にこの類の不良借入金が鼠算式に増えて、月に三％の金利でもおぼつかないのに、いつの間にか五％という致命的な借り入れも増えてしまっていた。必死の資金繰りと借り入れにより、毎日を乗り越えているように思えても大局から見れば、「貧すれば鈍する」という喩えのままに高利負債によって会社は瀕死の状態に追い込まれたのである。事情はどうあれ高利金融を使うという行為は、結果として藤原兄弟が経営者失格のみならず人間失格の烙印を押されることに繋がって行った。ところが、この最悪の失敗は、長い目で見ると兄弟が身をもって悟った教訓となって生きてくるのだが、それはこれより三年も後のことである。

倒産の一年前のことだ。既に、二十七ホールをオープンしていた。その内で、増設した九ホールへの投資の分が更に高利借り入れを増やすことに繋がっていた。

「私の計算では、まだ余力があります。この状態なら、四億円くらいは引き出せるでしょう。早速動いてみます。必要なことは、ここに書いておきましたから、準備して連絡を待ってください」と、自信満々に語る男は、金融ブローカー秋山の紹介でやって来た公認会計士を名乗る佐々木金治郎だった。細身の長身で、バリッとしたスーツを着こなし、五十歳くらいに見える目元涼やかで言葉巧みであるが、眼鏡の奥で光る切れ長の目はぞっとするような厳しさを見せることがある。早朝から夕方まで掛けて帳簿と決算書や借入金明細を詳細に調査して出した結論だった。

それより一カ月ほど前のこと。借りても借りても、工事金や仕入れ、さらに金利の支払いに追いつけないでいる藤原兄弟を見かねた金融ブローカーの秋山が危なっかしそうな提案をしてきた。

「会長、社長。私は金融ブローカーですから、こうして二カ月に一度、御社の手形書き換えにこちらにお邪魔して金利を集金し、その中から手数料を戴くだけで十分なんですが、お二人を見ていると昔の自分を見ているようで辛いんです。どうでしょう、私の資金元の顧問で農林関係の裏口資金を大口で仕切っている大先生がいます。ぜひ一度会ってみては」と勧めてきた。秋山は県南の山持ちの倅で、以前、水商売の女と所帯をもってバーやクラブをやって、良からぬ借金を増やし破産した経験の持ち主だった。今では金融ブローカーになり下がっているが、随所に育ちの良さと甘さが垣間見える。

秋山の話によれば、佐々木会計士に頼んで、銀行から借りられずに苦しんでいた東証二部のゼネコンが十五億円を年利四%で借りることが出来て立ち直ったと真顔で言う。ほかにも、かつて目や耳にしたことのある企業名がぽんぽん飛び出て信憑性を裏付けてくる。

「秋山さん、うまい話にはとかく裏があると言うでしょ。当社もここまで頑張ってきて、ちゃんとした融資を受けられさえすれば、あなた方の高利債務を弁済して、もう少しでなんとかなるところに来ています。だから、危ない橋は渡りたくないんですよ。その先生は、間違いないのですか?」と、牽制して面会を拒んでいた。

「でも、社長。私の資金元は、来月こそ、ナイスカントリーから一度元本全額を返して貰えと言ってきています。金利だけ払う手形書き換えではだめだと、そう言っているのですがどうにかなりますか?」

「なんとかするしかないけど、現状ではそれだけの現金を揃えるのは無理ですね」

「だったら、その佐々木先生に一度会うだけでも会って、話を聴くだけでも聴いてみては如何ですか? 話が気にいらなければ、断ればいいのですから」と何度も熱心に勧められた。兄の征彦も、

「秋山さんが、そこまで言ってくれるのだから、会うだけでも会ってみるか。だめで元もとだからな、社長」

「そうですね、そうしますか」と、龍彦も渋々承知した。

「では、今度の日曜日、私の自宅にご案内下さい」

「分かりました。きっと、良い結果になると思います。先生の都合を確認して必要書類や時間などの詳細を社長に連絡します」ということで、日曜の朝の面会と企業診断を受けることになり、佐々木の登場となったのだった。その結果、融資可能額が四億円で年利八％というのだ。半信半疑の兄弟であったが、そこは、連日の資金繰りで身も心もくたくたの二人だから、もしや借りられればという色気が脳裏に走り翌週、秋山の先導で東京の佐々木会計士が指定する関東政経倶楽部に二人して出向いた。するとそこに、佐々木本人ではなく熊野大三郎と名乗る七十歳代後半くらいに見える老人と用心棒のような無言の男がやってきた。名刺には『農林政治通信主宰』と、肩書が書いてあった。

「藤原県議と弟さんですね。佐々木先生から聞いています。では、行きましょうか」と、大声で確認すると同時に立ち上がった。

「どこに行くのでしょうか?」と、龍彦が訊ねると、

「聞いてないんですか？　しょうがないな。車の中で説明しますよ。これだから……」と、終わりの方はなにやら、ぶつぶつと愚痴と批判を口の中にしまって飲み込んだようだった。

相手はタクシーに乗ると、いきなり、「農林省」と、運転手に言ってから話し始めた。

「わしが特別に島岡農林大臣に話をつけてあるから、お二人は御礼だけ言ってくれれば後は全て上手く運びますので大船に乗ったつもりでいてください。大臣のところまで行って、今まで融資がまとまらないことなど一度もなかったですよ。ところで、藤原県議は、大川寿雄代議士派でしたね」先日、佐々木会計士に説明した内容の一つだけ確認してきた。

「そうです、親子二代で先生を支持してきました」

「それが決め手ですよ。さあ、着きました」と、促されるままに車から降りて農林省と書かれた木製看板の脇を通り抜けた。秘書室前に来ると、熊野は、用心棒みたいな無言の男と、西茨城から道案内をしてきた秋山に、

「おまえらは、ここで待て」と、指示してから、なにやら、大臣秘書に耳打ちをした。秘書の先導で大臣控室に案内された。

「では、ここで待たせて頂きます」と、熊野は、秘書官に最敬礼をしてから、

「県議、社長、喜んで下さい。秘書官に確認したところ、話は島岡大臣に通じていましたよ。良かったですね、これで佐々木先生にも義理を果たすことが出来た。いや、良かった」すると、秘書から、

「熊野先生、どうぞ」と、声が掛かった。

「さあ、行きましょう。私が全て説明しますから、お二人はご挨拶以外には余計なことは一切話さないで下さい」と、熊野は、またしても念を押してきた。少しおかしいと兄弟は気付いたが黙って後に続いた。

「大臣閣下。熊野大三郎めにございます。ご機嫌麗しゅう大慶至極です。超ご多端のところを、私めのお願いを聞いて頂き有難き幸せに存じます」と、時代劇調の口上で切りだした。確かに、目の前にいるのは、テレビで何度も顔を見たことのある島岡雄三その人だ。時代劇のような言葉で話す老人を黙ったまま笑みを浮かべて見ている。すると、老人は、

「本日は、大臣閣下に茨城の有望な若手県議がご挨拶したいと申しますので、お連れした次第です。元国務大臣の大川寿雄代議士に親子二代で仕え、父上は元参議院議員でご自身は大川代議士の将来の後継者と呼び声の高い藤原県議とその弟さんです」と、紹介された。

「茨城県議の藤原でございます。本日は、お忙しいところを、お時間を頂きありがとうご

ざいます」

「島岡です。よく来てくれました。私の方こそ自由民主党筆頭副幹事長の大川先生には、たいへんお世話になっております。お父さんは参議院議員になられて間もなく病気で倒れて引退されたと聞いています。残念でしたがその分県議の今後の活躍を期待しております」と、丁重に言い終わると、熊野老人に向かい、

「大将、四、五分でいいからと秘書に言ったそうだね。折角、遠方から見えたのに時間が無くて申し訳ないね」と、大臣が詫びた。すかさず、大将と呼ばれた熊野は、

「とんでもありません。後のことは不肖熊野が大臣閣下の代わりに万端首尾よく進めますのでご心配なく、政務にお励み下さりませ。本日は、これにて失礼します」と、話をさせないようにするかのように退出を促した。廊下で秘書にひそひそと耳打ちしてから、

「では、その件、よろしくお願いします」と、今度ははっきりと挨拶をして農林省を出ると元の大声に戻った。

「うまく行きました。後は、六本木のここで佐々木先生がお待ちですから、すぐに向かって下さい」と言うと、老人は用心棒を従えて帰って行ってしまった。渡されたメモには、カニ料理割烹の名前と地図が書いてあった。案内人の秋山は、

「良かったですね、うまく行きそうで」と、心底から喜んでいる様子だ。しかし、兄弟は、この話は絶対におかしいと確信に近いものを感じていた。

今までにも、金融ブローカーから、何度か大口の融資の話が持ち込まれたことがあった。その度に兄弟して慎重に吟味し、かろうじて落とし穴にはまることだけは避けてきた。

指定された六本木の料亭に向かうタクシーの中では、前の助手席に座った秋山に悟られないように手話とメモのやりとりで、(この話は眉唾物だ。大臣には、恐らく大川代議士の後継者が表敬訪問に来たということにして、こちらには恰も重要な融資の話が進んでいるかのように振る舞っているにすぎない。この後、どのタイミングで抜け出すかが問題だ)と、声に出さない会話で意思の疎通が図られた。到着すると、佐々木会計士がにこやかに待っていた。

「熊野主宰から電話がありましたよ。うまく行ったそうで良かったですね。早速ですが、これから熱海まで車を飛ばして元労働大臣の野原彰夫先生に会ってもらい、農林援助資金協会総裁を紹介してもらう手筈になっています」と、涼しげな目でこちらを見据えながら抑え込むように言った。

「ところで、秋山君」「はい」

「総裁にお渡しする小切手は預かりましたか？」

「はっ？　それは佐々木先生が藤原社長に説明して持参してもらうとおっしゃったのでは……」秋山の顔面が、みるみる内に血の気を失うのが分かった。

「なに、小切手の件を、会長と社長に説明してないと言うのか。大臣が本件を承諾した段階で、彰夫ちゃん（元労働大臣をこう呼んで）の立会の元で、総裁に渡せば、明後日にも四億の金が、ナイスカントリーに振り込まれることになっていたのに、小切手を預かることを忘れたというのか、この大事な時に……どう責任をとるのだ」と、ドスの利いた声で額に青筋を立てて、子羊のように震えて土下座をして謝る秋山を責め立てた。佐々木会計士は、藤原兄弟に向き直ると、

「何とも、無様な失態をお見せして、申し訳ない。ここまで来て、最後の取り決めとなる小切手を忘れるなんて、秋山には後ほど相応の責任をとらせますのでお許し下さい」

「申し訳ありません。申し訳ありません」

泣きっ面の秋山は、いつの間にかすべての責任をとらされる役割を演じさせられていた。

「今、午後の三時か。会社から、車で飛ばせば、五時半までに着くかも……如何でしょう、会長、社長。電話で、経理部長さんに一〇〇〇万円の小切手を二枚届けさせてくれま

せんか?」と、細い金縁の眼鏡の奥で鋭い眼光が二人に向けられた。

兄弟は、(そうきたか、いよいよ、本性を現したな)と、目と目で確認すると、

「佐々木先生、その小切手ってどういうことですか?」落ちついた表情で、何も疑う様子など見せずに征彦が訊ねた。

「元農林省局長が、農林系の秘密資金の総裁として管理を任されていて、大物政治家が関与していることは前回お邪魔した時に説明したとおりです。その事実上の、仮契約に手数料と謝礼がそれぞれ一〇〇〇万円ずつ掛かるくらいのことは、県会議員の先生ならお分かりになるでしょう。現職の農林大臣の推薦と私の証明があれば、後は、彰夫ちゃんの一言で決まります。彰夫ちゃんは、元自民党副総裁野原友雄の長男で、農林援助資金協会は彰夫ちゃんの利権の範疇にあるのです。その本人が、忙しい中を、仮契約に立ち会うというのですから、間違いありません。何とか小切手を間に合わせてもらえませんか」

静かな口調だがプレッシャーを掛けてきた。

「私達は、先に熱海の赤羽ホテルに向かって、向こうで経理部長と合流することにすればいい。杉原、車を用意しなさい」と、言われた用心棒風の大男が、

「かしこまりました」と、立ち上がるのと藤原兄弟が立ち上がるのが同時だった。

「佐々木先生、初めからお聞きしていれば時間を空けておいたのですが残念です。私達は、これから茨城県選出の鍋島厚生大臣にお会いする約束をしております。島岡農林大臣と野原彰夫代議士のことも厚生大臣によく伝えておきますので悪しからず。今日は、これで失礼します」

あっけにとられている自称公認会計士達を尻目に、料亭に到着した時にそっと手配しておいたハイヤーに飛び乗り、西茨城に向かったのである。

翌年、ナイスカントリークラブが倒産してからしばらくして全国紙の社会面に、「農林系秘密資金、M資金二〇〇〇億円の架空の話をえさにでっち上げた詐欺グループを逮捕」と、いう記事が報道された。戦後間もない頃から、『M資金』という話は、出ては消え、消えては出るようにして大がかりな詐欺のネタとして暗躍したが、真実は闇から闇に葬られてきたに違いなかった。政治家や善良な人々を取り込んだ詐欺グループと日本最大の広域暴力団の企業舎弟と呼ばれるヤミ金融との関係と実態が暴露されたというが、これはほんの氷山の一角に過ぎないはずだ。そこには容疑者六名の顔写真が掲載されていた。その中の一人、佐々木金三こと、韓国人、金鐘二という男に龍彦の目が点になり背筋が寒く感じた。その男の顔写真に、細い金縁の眼鏡を重ねて見ると、あの裏会計士佐々木金治郎によく似ていたのだ。綱渡りのようなぎりぎりの資金繰りの中で、こうした詐欺まがいの話が数件舞い込んだがすれすれのところで回避して事なきを得ていたのである。

こうした危うい経験は後の藤原兄弟に人間性の本質や社会の裏の部分を見極める眼力を与えてくれるのだが、厳しい現実はまだ始まったばかりだった。

(三) 落日から再生へ

株式会社ナイスカントリークラブの経営危機が表面化した一方で、金融機関を一堂に集め緊急の支援協議が持たれていた。当時はゴルフ場事業そのものがよく理解されていない時代であり、金融機関自体が右往左往して、とにかく経験と実力のある興北リゾート山中社長に社長を引き受けてもらうことで衆議一決した。ナイスカントリークラブ社長を龍彦の義父幸次郎が引き受けたことによって所謂、私的再生の方向が緊急にまとまったのだ。その流れは一転して、金利と元本の棚上げや軽減による再建計画が現実味を帯びてきた。その一方で、公共工事の受注が安定して期待できる親会社藤原工業については、下請業者がまとまり、破綻させずに再生させるということになった。藤原兄弟にとっては倒産寸前の状況の中にあって最高の条件が決められた瞬間だった。ぎりぎりのところで又しても救いのロープが二人を引き上げるかと思われた。

債権者の中から東日商工信金の推薦で公認会計士が選ばれて調査をする一方で、興北リゾートの国松経理課長が総資産と総負債をまとめ、入り組んだ資金の流れを解明し、再生の可能性を模索した。藤原工業グループの関係者はこれで倒産を回避し助かる、と考えるようになっていた。しかし、その一カ月の調査の間に山中社長のナイスカントリーを助けるという決意が翻ったのである。龍彦にはその時、何が起きたのか、何が山中社長をそうさせたかは分からなかった。まるで天国から奈落に突き落とされるような衝撃だった。銀行筋から話を聞かされても、何かの間違いに違いない、間違いであって欲しいと思う以外に思考が働かなかった。混乱の中で興北リゾートを訪ねた兄弟に対し幸次郎は、

「今、僕がナイスカントリークラブを助けようとすれば、どう計算しても自分の会社が共倒れになる。分かって欲しい」と、興北リゾートの社長室で兄弟に告げて号泣した。後で分かってきた真相は、北関東銀行が協調融資の条件を曲げて抜け駆けし、山中社長と興北リゾートの保証を求めたことで根底が崩れたのだった。一度は助かったと思った兄弟にとって青天の霹靂に思えた。

「龍彦さんは僕にとっては息子みたいなものだし、征彦さんだって県会議員であっても僕からすると息子のように考えているんだ。でも僕には、僕を信じて付いて来た社員とそ

の家族がいる。共倒れするわけには行かない。立ち直る時には出来るだけのことをするから、今回のことは諦めてほしい。こんな気持ちになったのは生まれて初めてだ。分かってほしい」と、正に引導を渡されたのである。

山中社長が、一旦引き受けることを承諾した社長就任を断念するということは、もう誰にも助けてもらえないということだった。龍彦はここまで義父を追い込んだ自分を責めた。その後は、山中社長をもう一度引っぱり出すための説得を幾重にも繰り返したが意志は固かった。幸次郎の一枚岩のような鉄壁の意志が、藤原兄弟の甘さを粉砕し、結果として一人前の事業家に育てることになるのだから人生には何が幸いするか分からない。

「こうなったら社長（龍彦）が由実子さんと一緒に山中社長に直接会って、命懸けで頼み、短期間でもいいから再建社長を引き受けてもらうしかない」と、兄から強く要請されて、由実子の両親の自宅に赴いたのは七月の末だった。龍彦は考えた末に一人で向かった。

会長車運転士の岡野に運転させて車中で心静かに（もうこれ以上、山中社長を苦しめるのは止めよう。山中社長は身内の中で最も力と信用が有るから白羽の矢を立てられた。しかし、単に女婿の俺が社長というだけの理由で情にほだされて再建社長を引き受けることを一時承諾したに過ぎない。よくよく調べたらとても自分が手に負える状況には無いのが分かり、前の約束を白紙にしただけだ。勝手に助かると思いこんだのは自分達だ。助かりたいだけの一心で縋り付くのはもう止めよう）と、男として一人、決心していた。義父母の家に着くと義父が厳しい顔で待っていた。

「お義父さん、いろいろご心配とご迷惑をお掛けして申し訳ありません。ご紹介頂いた弁護士の先生にお願いして法的再建申立の準備をします。これから暫くの間はたいへんなことになりますが、どうか子ども達をお願いします。兄の子ども達のこともよろしくお願いします」

それだけを頼んで帰路についた。久しぶりに、何か心が平常心を取り戻したような気分だった。

「分かった。いつか必ず良い時が来るから、身体に気を付けて乗り切ってください」と、少し緊張から解放されたように、義父らしい表情で心配してくれた。埼玉の姉にだけはこのことを知らせた。翌日、征彦に報告しようとすると、話を取るように口火を切ったのは兄の方だった。

「岡野に聞いたよ。山中社長のところには、一人で行ったそうだな。だったら、説得出来るわけがないじゃないか。それで、すごすごと帰ってきたのか」

追い詰められたと感じたのか、征彦は初めて気色ばんだ声を荒げて不満をぶつけてきた。

「兄さん、それは違う。山中社長は、我々二人が立ち直るためだったら、何でもすると言ってくれた。しかし、今の状況で共倒れになれば、もう何も支援できなくなる。橋本弁護士の指導を信じて法的再建を貫いてほしいと説得された。俺もこれまで何度も命懸けで頼んできたので、却ってお義父さんの苦しみが痛いほど伝わってきたんだ。兄さんには悪いが、昨晩、橋本弁護士に我々二人の意志として会社更生法申請をお願いしたよ。分かって欲しい」

兄弟は互いに震えが来るほどの緊張とぎりぎりの葛藤の中で、覚悟を決めた瞬間だった。

数日後、西茨城の駅に白髪で背筋をぴんと伸ばし眼光鋭い初老の紳士が降り立った。

「藤原さんですね。興北リゾートの山中社長から頼まれてきた弁護士の橋本です」

車中では余計なことを一切話さないその弁護士の姿勢が、依頼人の山中社長の考えを代弁していた。橋本弁護士は、この春裁判官を退官した直後の後藤田弁護士を急いで招聘し、二人でシミュレーションとスキームをまとめていった。それは一カ月前の倒産回避のシナリオとは打って変わった法的な倒産手続きであった。兄弟には、先行きがどうなるのか、まだ分からなかったが両弁護士の再三の説明で事態が奈落に沈みはじめたことだけは理解できた。

「この破綻はゴルフ場の会員権担保による不良借入金が大きな癌であり元凶であります。これを退治するにはお二人が不退転の決意で戦うしかない。日本は法治国家だ。法の下に公正に事態を進めれば必ず納得のできるところに立ち戻れる」と、利息制限法で払いすぎた金利を返金請求する戦法を、正義の味方を自認する後藤田弁護士から説明された。

一方、山中社長から特命を受けて来た橋本弁護士は元海軍士官学校出身の海軍航空隊特別攻撃隊の生き残りで、筋金入りの強面だが、その反面実に繊細な神経を持ち合わせ、卓越した文才を備えた多才な弁護士だった。この期に及んでタイプも考え方もまるで正反対の両弁護士が担当してくれるのは実にタイムリーで、この出会いが藤原兄弟のその後の人生を大きく変えるターニングポイントになって行った。

この年は、八月というのに毎日雨模様で梅雨のような天気が続いていた。両親には、母の実姉である飯島トミに同行してもらい、その息子で奈良にいる従兄弟のところに緊急避難してもらった。

「高利貸し債権者に法律で戦いを挑むのでどういうことになるか分からない。申し訳ないけどしばらく身を隠してほしい。親父には倒産のことを話さずにうまく説明して逃げてください」と、兄弟が実母に拝むように頼んで逃避旅行に追い立てた。

「二人とも身体だけは大切にしてこの難局を乗り越えて、早く一緒に暮らせるようにしておくれ。私はおじいちゃんの命を守って待っているよ」と、母は祈るようにつぶやいて出掛けていった。

数日後、征彦と龍彦の家族は東京の山中社長の私邸に避難した。この日は、実家に姉の佐代子と弟二人が枕を並べて寝ることになった。

「ここで姉弟そろって寝られるのもこれが最後ね。二人は良いと思ってやったことだから仕方ないけれど、落ち着いたらお父さんとお母さんのこれからのことだけはちゃんと考えてあげてね。私もできる限り両親を守るけれど、せめて人生の最後くらいはこの家で迎えられるようにしてあげたい」と、弟二人に言い聞かせた。遠い奈良で理由も聞かせられずに家に帰ることも出来ない父と、その父の詰問に応えきれないで泣いている筈の母を思い、まんじりともしないまま、姉弟にとって旧盆の実家で最後の夜が更けていった。

そして、ついに運命の日が来た。

昭和五十二年九月十三日、株式会社藤原工業並びに子会社の株式会社ナイスカントリークラブの二社は水戸地方裁判所に会社更生法適用申立をした。原因はゴルフ場事業の子会社の過剰投資であることが翌日大きく報道された。しかし、強硬派の藤原工業協力会を中心とする債権者からの申立取下げの強い要求を止めるよう説得することはもはや誰にもできなかった。覚悟を決めた龍彦が弁護士の反対を押し切り、申立を取り下げて保全が解除になると間もなくして、警戒していたとおり親会社藤原工業の一部債権者による資材の持ち出しが起きて大混乱となった。ゴルフ場以外の三社はこうして壊滅的に崩壊したのである。

その一方で、仮死状態のようなゴルフ場は法律の保全により、〝主が不在でも毎日多数のゴルファーが来場し営業が続いている〟という新聞記事の通りになっていた。この倒産は、元凶となったゴルフ場高利債権者に突きつけた宣戦布告でもあった。兄弟は、高利貸し金債権者との戦いの推移を毎日弁護士から聴きつつ、移動しながら身を隠した。ある時は橋本弁護士宅に、又ある時は後藤田弁護士宅に、そして義父の異母弟の親戚へとその日暮らしで騒ぎの落ち着くのを待つだけの日々が続いた。

自分達のことが書かれている新聞記事を読んでは兄弟で毎日、状況判断を繰り返した。

幸い、二人を支援する有力者も少なくなかった。多くは父佳正と母君江の人徳によるものであった。ゴルフ場が破綻する直前に、理事長を引き受けてもらった塚本史朗もその一人である。その昔、父佳正が県議選に初挑戦した時の選挙事務長だった縁で、征彦が父に代わって立候補した時以来親身になって相談に乗ってもらっていた。病弱とはいえその眼光は鋭く、世の中と人の動きを敏感にキャッチし、適切なアドバイスをかつての政友の息子兄弟に送っていた。

「いばらき放送で聴いたが、征彦君は県議として堂々と記者会見して詫びたことが良かった。高利貸しの奴らはほとほと参っている。このあたりで弁護士に和解の提案をさせてみた方がいいぞ」と言う塚本理事長のいつもながらの慧眼に感心しながら、兄は答えた。

「藤原工業の債権者や幹部社員のことを考えると、今でも飛び出して行きたくなるのですが、ここまで我慢したのですから完全に当方の主張が受け入れられるまでは妥協しないでいきます」

「それがいい。ところで親父さんはどうしている？」昔からの親しみと敬愛を込めた呼び方で塚本が訊ねた。

「父と母は奈良の親戚でやっかいになっていましたが、父が、何故俺は家に帰れないのだと騒ぎ、周りがパニックになりましてね。今は埼玉の姉のところに世話になっていますが毎日、家に帰ると言ってきかないそうです。両親が不慣ですし、姉の家族にも迷惑をかけているのですが、橋本、後藤田両弁護士の話では水戸地裁の裁判官が和解案を提示してくれまして、大きく前進したのでもう少しの辛抱だというのです」

「君らの親父は大病や絶体絶命の危機を何度も乗り越えてきた。大病以来、確かに同じ話を繰り返すところはあるが、どこかで異変を察知し、本気で、自分が息子達を助けよう、家は俺が帰って守らねばならないと感じているはずだ。昔から親父さんは勘が鋭かったからな。ひょっとすると君らが両親を呼び戻して、ゴルフ場に復帰するには今が潮時でチャンスかもしれないぞ。弁護士とよく相談して和解の見通しがついたら一日も早く家に戻りなさい。俺の処に入って来る情報では佳正夫妻に世話になった人が想像以上に多いために、同情の声が非常に高まっている」と、塚本は分析して聞かせた。玄関で二人を見送る際にも、

「親父さんは若い時から苦況を何度もチャンスに変えてきた男だ。今回も病で無意識の中にあっても、君達を再生させるチャンスを作っているのじゃないかな」と、意味深長な言葉を吐いた。

この話がきっかけとなって、征彦と龍彦兄弟にとっての再生の第一歩は、実家に戻り両親を姉のところに迎えに行くことから始まったのである。二週間後、藤原家に三カ月ぶりに両親と共に兄弟が戻ってきた。十五名余の近親者と、昔から仕えた高部八郎達が迎えた。皆、一様に笑顔で「親父さんお帰りなさい」、「佳正会長お帰りなさい」と心から喜んで以前と変わりなく迎えたが、全員が涙を流していた。征彦は、

「皆さんにご心配をお掛けして申し訳ありません。お陰様で戻ることが出来ました。皆さんが家の中や庭園を清掃してくれたことを聞きました。本当にありがとうございます」

佳正と君江の帰宅の報が伝わると、一部の債権者に荒らされた家を元従業員や近所の人々が十数人集まり、三日を掛けて清掃やら庭の手入れをしてくれたという。

その翌日、一つだけ残ったゴルフ場の会社に兄弟が復帰し、年末に実現しようとしている高利貸金債権者との歴史的和解を社員に伝えたのである。四カ月近い逃亡と隠遁の生活は、兄弟にとって暗くて長いどん底をさまようような日々だった。この間のつらく悲しい日々は、その一方で、世の中に迷惑をかけた倒産を反省するには、絶好の機会であったし、生涯を通じて変わることなく信じ合い、支え合えるほどに兄弟の強い信頼と絆を育ててくれたのも事実だった。そして、両親のありがたさと掛け替えのない家族の存在の大き

さをかみしめる、またとない機会になったのである。

父と母に手繰り寄せられるように、無事に実家の敷居を跨ぐことができた兄弟には、これからたいへんな会社整理と一つだけ残ったゴルフ場の再建が待っていた。しかし、それがどんなに大変でも、今までのように会社にも自宅にも行けず時を待つ逃亡者の生活から比べればはるかに幸せだと思えた。兄弟の家族は、それぞれの実家にいて成り行きを見守っていたが、時々夫の方から会いに行くことにしていた。

両親と共に実家に戻ってからは一部の債権者の訪問もあったが、殆どの訪問客は両親への見舞いと激励であった。多くはかつて世話になった佳正と君江の手をとって、涙を流して元気に戻ったことを喜んでくれた。時折、お手製のご馳走を持ってきてくれる人もいて、訪問客は日を追って増えていった。皆、異口同音に、

「親父さんと奥さんには数えきれないほど大勢の人が助けてもらったんだもの、こんな時に恩返ししなけりゃご先祖様に叱られるよ」とまで言うのだから凄い。数十年ぶりに両親と息子兄弟の水入らずの生活が始まって十日余りが過ぎたある日、橋本弁護士と後藤田弁護士がゴルフ場にやってきた。

「征彦さん、龍彦さん、高利債権者達がこちらの条件を全て呑んで和解が決まりました。

全国的にも例の無いことです。ご両親とご先祖様に感謝して下さい。それに後藤田先生が裁判官出身で現裁判長の信頼が厚いことが決め手でしたよ。今月二十七日、水戸地裁で許可を得て一円の現金も払わずに和解が成立すれば、状況は一変するでしょう」橋本弁護士がやや紅潮して話すと、傍らの後藤田弁護士も嬉しそうに頷いた。

「いや、橋本先生のお陰ですよ。先生の、海軍航空特攻隊の気迫が高利債権者を圧倒してくれたお陰です」

互いを讃えていたがすぐに元の厳しい表情に戻り、和解成立後の一般債権者、金融機関債権者、関連会社債権者、会員権債権者との総合和解に向けた戦略が練られた。

暮れを間近にした十二月二十七日、水戸地裁において藤原兄弟と弁護士、そして高利債権者とその関係者十八名が一堂に会して、梅野裁判長の立ち会いの下、会社更生法適用申請の一部和解の許可を受けて、会員権提供による代物弁済が成立した。自業自得とはいえ、この数年間、ナイスカントリークラブとグループ三社を苦しめたあげく倒産の原因となった高利負債は、人間に喩えれば末期癌のようなものであった。それが臨終寸前に神仏のご加護で一瞬にして解消したような、そんな思いがしていた。その夜、藤原家にとって奇跡のように思える吉報は、苦労をかけたそれぞれの家族に伝えられた。両親を預かって必死に守ってくれた姉の佐代子と夫の雄一郎にも電話で伝えられた。その夜、四人は缶ビールで乾杯した。窓の外はしんしんと冷え込んでいる。昭和五十二年の年末はこうしてかすかな希望の光がさして暮れて行こうとしていた。

大晦日を明日に控え全従業員を集合させて経過の説明をしてから、僅かに残っていた現金を均等に餅代として一人一人に握手して支給した。金額は僅かでも、気持ちは会社再生に向けた希望の灯火のように温かく伝わった。

明くる年の一月二日から六日まで満杯の予約が入っていた。まだこれから橋本、後藤田両弁護士の構想に従って、金融機関を始め一般債権者、関連会社の債権者群、そして塚本史朗理事長に委ねた会員代表との重要な和解が残っている。懸案の不良債権が解消したことで大きな前進があったが、弁護士からはくれぐれも自重するよう戒められていた。

倒産以来それまでに大勢の退職者が続出したが、残ってくれた六十九名の従業員にほんの少しでも希望を持てる正月を迎えさせたいと考え、暮れに兄弟が支給したのが僅かな無けなしの餅代だった。明けた二日は順調に行き、新年が洋々たるものと感じたのも束の間、三日の早朝、兄の大声で龍彦は目を覚ました。実家の庭に飛び出した目には信じられない白魔の世界が飛び込んできた。目の前は白一色なのに頭の中は真っ暗に感じた。子どもの頃、真冬には膝くらいまで積もることが再三あったが、大人になってからでは記憶にない位の大雪である。

しばらくの間、兄弟は呆然としていたが気を取り直し、電話の連絡網による全員出社を指示してから、タイヤチェーンを付けてゴルフ場に辿り着いた。雪がゴルフ場経営にとってどれほど恐ろしいかということと、再生の前途が如何に厳しいかを同時に思い知らされた気がした。しかし、二人が今迄と違うのは、全員から意見を聞き、方針と目的を伝えて、トップが率先垂範することだった。この日から、見違えるほどに成果が現れ始めた。最初は、全員で足跡を付けて歩いて、溶けやすくすることから始まった。しかし、その午後には、近所の農家の嫁である二人のキャディーが、自宅から運びいれた麦踏み用のトラクターを転がしてタイヤ跡を造ってみたところ数倍の効果が上がってきた。新潟出身の研修生は、嘗てスキー場で使用していたスノ—ボードを数台持ち込み、グリーン上の雪をまだ軽いうちに持ちだす方法を実演して見せたのである。次ぐ日には、従業員が持ち寄った除雪に活かせる新兵器が十種類以上も持ち込まれた。この最悪の大雪が、それまで、経営トップと従業員の間に立ち塞がっていた溝を埋めるきっかけとなった。二日間で流した汗は、見る見る内に、倒産以前の凍りついた不信の壁を溶かしていったのである。

「会長と社長は、あの倒産で生まれ変わったのです。復帰されてからの、お二人を見ていてそれがよく分かりました。従業員全員の意見に耳を傾けてくれるし、率先垂範で私達を引っ張って行ってくれます。今回の大雪は、私達従業員が試されているのだと思います。雪は放って置いてもあと四、五日もすれば解けるでしょう。解けるのを待っていたのがこれまでの私達です。でも、待っていたのでは会社を再生できない。明日オープンさせる可能性が会長、社長とともに我々の汗で見えてきました。明日オープンさせることは我が社が生まれ変わることなのです」

全員ミーティングでの支配人代理、筒井部長のスピーチは、やや涙声になったが爽やかに従業員全員を束ね、全員が同じ思いになっていった。

三日目には、殆どの従業員が出勤した。昨日までと目の色が違っていた。何が何でもオープンさせるという気迫が、雪との闘いに勝利する熱意と再生に向かおうとする灯火に火を点した。この日は凄まじい勢いで除雪が進んだ。解けにくい陽当たりの悪いホールを重点的に攻めて昼までにグリーンとその周囲、ティグラウンドは完璧に雪が消えていた。フェアウェイにはまだ凍った雪が残っていたが、皆、楽しそうに笑顔でこのきつい仕事に立ち向かい、心を一つにしてやり遂げてくれた。オープンから三年三カ月が経過していたが初めてのことだった。最後に会長が結論をまとめた。

「みなさん、ありがとう。みなさんの努力で明日オープンすることができるようになりました。先ほど高田マスターから報告があり、当初七十五組入っていた予約が現在十八組に減りました。ひょっとすると、明日は折角オープンしてもお客様がゼロで終わるかも知れない。しかし、他のコースがクローズしていてうちだけがオープンしたという事実は必ず大きな信頼となって次の降雪の時、あるいはその次へと徐々に広がりを見せるはずです。明日を我が社再生のスタートの日にしましょう」

　これに、社長が続いた。

「疲れているところで申し訳ないが、これから夕方までカート道路の凍っているところを点検してください。高田、石岡両マスターは残っている予約のお客様にオープンをお知らせしてご来場を勧めて結果を報告してください。筒井部長はクローズしている近隣の他コースに電話をしてお客様を回してもらうことと、うちの常連のお客様と、このクローズした三日間に予約していたお客様全員に電話を掛けて明日のオープンを連絡し、是非来てくださるようにお願いしてください」と、小気味がいいほど手際よく指示をした。すると、三、四名のキャディーと運転手の阿部が手を挙げて同じ口調で、リピーターの顧客に自分達も電話することを提案し従業員全員から拍手が起きた。

次ぐ日は待ちに待ったオープンの日だ。午前五時には殆どの幹部が出勤し、分担に従ってオープンのための最終チェックが行われた。場所によってかなりの雪が残っていた。お誘いしたお客様が一人も来てもらえないかも知れないし、来てもどう反応するかという両面の不安を感じていた。

「昨日、あれからキャディーだけでミーティングしまして、昨晩のうちに全員が一人一〇件、お客様に電話することを決めて実行しました。感触は良かったので必ず何組か来て頂けると思います」と、班長の沢村は学校の教師のような品格を持った態度で、玄関に立っている者から不安を除いてくれた。すると「あ、車が入ります」と、誰かが叫んだ。

進入路を車が入ってくる。お客様だろうか、遅出のパート従業員かも知れない。車は玄関に向かって進んできた。お客様と確信した社長が「いらっしゃいませ」と大きな声で挨拶すると全員が「いらっしゃいませ」と声を合わせた。メンバーの長田さんが車から降りてきた。

「いや、驚いたよ。正月早々、キャディーさんから電話をもらってね、除雪して明日オープンするから絶対に来てくれって言うんだもの。来ないわけにはいかないよ」と、ニコニコ笑って話しかけてくれた。

「会長、社長が先頭に立って除雪したそうだね」と言って、兄弟の方に向き直った。

「これで当クラブも安心ですね。及ばずながら協力しますよ。頑張ってください」と激励された。気がつくと車が五台並んで到着していた。この日は三十八組百二十四名の来場があった。口々に「本当にプレーできるの？」「ボールがいくつあっても足りないよ」などと言いながらも、他のコースがクローズする中でのオープンに新生ナイスカントリーの風を感じているかのようにティグラウンドに向かった。従業員は除雪の疲れを忘れて皆嬉しそうにしている。正月三日間の最悪と思われた雪との闘いは、再生第一歩に向かって何事にも代え難い、やる気と喜びを教えてくれた。雪との闘いは始まったばかりだったが大きな勝利を全員がかみしめていた。

「さあ、みんな、うちの一番の自慢は、従業員のやる気と本気と元気だということを、除雪と挨拶で証明しようよ。二カ月で従業員の誇りが二つも出来たなんて凄いじゃないか。ほら車が五台並んで入ってくるよ、お客様だ。須藤さん、神山さん整列して」と、会長、社長兄弟が飛び出すと全員がはつらつと整列して、新しい取り得と自信になった挨拶でお迎えした。
桜が咲いて散った昭和五十三年四月は今までのどの春よりも温かく感じるほど兄弟にとってありがたい春だった。ナイスカントリークラブにも、藤原家にも春が喜びを運んできていた。東京で、倹ましいながら家族四人の落ち着いた生活が始まって初めて気付いたことがあった。由実子は幼い二人の子どもを抱えて苦しい家計の中でも、庭に小さな花壇を設け、季節毎に咲く花々をさりげなく玄関とトイレと家族が揃う居間に飾ることを忘れなかった。気付いてみれば、それは、西茨城に住んでいた間、殆ど家にいない夫の帰りを待ちながら決して欠かさない家族への愛の証だったのかも知れない。しかし、それを倒産して仮の住まいに落ち着いて初めて知ることになったのである。同じように、食事についても思い知ることになった。倒産後、どんなに収入が少なくなっても、家計のやりくりと買い物の工夫をして賄い、家族が憩うのに十分な食卓を維持してくれたのだった。

前年の暮れに水戸地裁で梅野裁判長の英断で異例の部分和解が承認されて成立し、倒産の元凶と言われた不良債権が消滅した。これを受けて橋本、後藤田両弁護士により金融機関債権者を始め一般債権者、関連会社の債権者委員会、そして塚本理事長に託した会員権預託金債権者を包括した和解を実現する大作戦が少しずつ進められていた。橋本弁護士は卓越した和解能力を発揮し、全面和解により会社更生法適用申請そのものを取り下げる構想を打ち出し、兄弟に説明したのである。それを取り付けるために、経営再建十年計画を立ち上げると共に、それを監査する機関として経営改善委員会を設置する計画だ。この計画を兄弟が目を輝かして聞いているのに、橋本弁護士は浮かない顔をしていた。その理由を説明したのは元裁判官の後藤田弁護士の方だった。

「征彦さん、龍彦さん、よく聞いてください。橋本先生の計画はすばらしい内容であり地裁を動かせると私も見ています。この計画に沿って進めて行けば、御社は十年後に旧債務の殆どを弁済して優良なゴルフ場企業として再起するのは間違いないと思います」

「先生、問題は私達の処遇ですか?」と、龍彦が正面から切り込むと、そのことについて今まで多くを語らなかった橋本弁護士が口を開いた。

「実は、興北リゾートの山中社長にもう一度社長就任を依頼してみたのです。が、一度断っておきながら状況が良くなったからといって今更おめおめと引き受けるわけには行かないという返事でした」

大詰めに近づいているものの、自分達の処遇が不透明な中で橋本、後藤田両弁護士による債権者群と地裁への精力的な説得が続けられていた。その結果、債権者群は全て橋本弁護士の計画案に賛同した。その上で運命の日が近づいたある日、会社更生法適用申請に関する最終の審問と調査結果が地裁の民事法廷で行われた。

前年の十二月に、高利債権者との劇的和解を許可して再生に大きな可能性を引き出してくれた梅野裁判長が引き続き事件を担当した。全債権者との和解を模索すると共にリードして終息を図ろうとしていることが、何度となく地裁に赴き意見陳述や審理に参加してきた藤原兄弟にはよく理解できた。最終審理のまとめを発表する際、梅野裁判長は最後に今後の経営についての提案を下した。

「九カ月に及ぶ審理に当たり、関係各位の並々ならぬご理解と株式会社ナイスカントリークラブを再生させようとする熱心なご協力に対して、心から敬意と感謝を申し上げます。これにより、昨年十二月二十七日に和解して高利債権者群の不良債権が解消したことに続いてこのほど全債権者群との和解が整い、来る五月二十四日に本件の取り下げを許可するものであります」と言ってから、裁判長は目線を藤原兄弟に向けた。

「これ以降、同社更生計画合意書に約定された通りに、経営改善委員会の指導監査により弁済計画を誠実に実行して、当会社を再生再建ならしめることを強く期待します」

さらに続けた。

「本来、本件の取り下げに当たり、適任と思われる方を人選し、取締役並びに代表取締役に選任するべきところですが、経営陣の人選に付きまして私から提案したいことがあります。昨年九月の中立以来これまで九カ月の間、債務者会社の現代表取締役で中立人の藤原征彦とその弟で元社長の二名は、類いまれな熱心さで当該会社の再建への熱意を持ち続けています。それも、個人的な欲や見栄でなく、迷惑と心配をかけた債権者や従業員に対してのお詫びと弁済を果たそうと必死で努力を続けています。当法廷としましては、現時点でこの兄弟以外に、これ以上の人材を見付けることは不可能と思料します。各債権者群の代表の皆さん、いかがでしょうか。このまま両名に、引き続き同社再建再生への経営をやらせていただけないでしょうか？　お諮りします」

するると、意見を求められた代表はそれぞれに発言して、全会一致で賛成したのである。征彦が新たに代表取締役に、龍彦も取締役に復帰を認められたが、橋本弁護士から意見が出された。

「裁判長の大所高所からのご裁量に感謝申し上げます。しかし、元社長の藤原龍彦は別件の刑事事件の被疑者になる恐れがありますので、それが解決した時点で復帰させることでご了承願えるでしょうか？」と申し出た。すると、梅野裁判長は、龍彦に顔を向けて、「それで結構です。元社長はその日を待つのでなく、これまで通り、現代表取締役とともに再建への努力を続けるよう希望します」と、言って閉廷した。藤原兄弟はまるで時代劇の大岡裁きを見たような思いで退廷する梅野裁判長に最敬礼して、しばらくの間、頭を上げることができなかった。

昭和五十三年秋、龍彦が逮捕拘留され不起訴釈放となってから全てが好転し始めた。明けて五十四年は雪の少ない冬だったが、それでも二月に二回、三月に一回、一〇センチほどの降雪があった。この頃には前年から積み上げた経験が除雪システムとして向上し定着してきていた。勿論、回を重ねる度に使用する道具や機械、車輌の類まで工夫改善が進んでいたが、除雪によって、それ以上に大きく成長し目覚ましい変革を達成したのは、従業員の意識と行動であった。除雪のシステム化と言っても実は極めて原始的且つ単純な仕組みと取り決めでしかない。しかし、兄弟は、この単純明快なことを徹底することによって最も重要な従業員の意識改革を実現しようとしていたのである。

この年の四月には、西茨城市長選挙が行われた。これまで兎角、噂のあった勝又市長に対し、多くの支持者と市民から県議引退宣言をした征彦への支持と出馬要請が寄せられてきた。征彦はこれを丁重に辞退した上で、元市長の杉本徹に出馬要請をして応援に廻った。すると杉本は、大方の不利の予想を覆し、逆転当選を果たしたのだ。父子二代の政治活動を潔く辞して、事業再建に専念する征彦の決意が、さらに大きな共感と信頼を引き寄せていたのである。

一年後の秋。この時、佳正は七十一歳になっていた。

その日は久しぶりに妻の君江と共に、龍彦と由実子の長女美里と弟道央の七五三祝いのために上京し、終始ご満悦だった。帰りに大宮の佐代子の家に一泊して上機嫌で西茨城に帰って五日目のことだった。佳正は、脳梗塞を再発して倒れた。これまで何度も大病を患い、生死の境を彷徨ったことのある父であったが、息子兄弟が、命がけで努力していた会社再建を見届けるかのように持ち直し安定した日々を生き抜いてきた。まるで、今日を待っていたかのようだった。入院してから十日後、主治医からその意味の指示が出された。朝から近親者が集まってきた。会話はいつしか、順々にお別れの言葉へと変わって行く。龍彦と由実子が、大きい声で、

「龍彦だよ、この間は、子ども達のお祝いに、東京まで来てくれて本当にありがとう。も

う一度元気な姿を見せておくれよ」

「孫達は学校と幼稚園は休みか？」と、佳正はここに至っても気配りを見せた。

「お義父さん、又、元気になって東京に来てくださいね」と、代わる代わる話すと、僅かに、微笑んだ。それから低い声だがしっかりと、

「俺は幸せな男だったな」と、周りに聞こえるように、はっきりと言った。佐代子が、

「そうよ、日本一、幸せな男よ」と、泣きながら呼びかけると大きく頷いて、今度は、自由になる左の腕を上げ、遠くを手招きして上下に揺らした。ずっと看病を続けていた和子が、

「おじいちゃん、苦しくない？」と訊ねると、首を横に振り、再び左腕で遠くに何かが見えるそぶりを何度も繰り返した。龍彦には、父が一生を通じて、山林に植樹した数十万本の生育した檜の山林を見ているように思えた。

「親父、檜の山が見えるのか」と呼びかけるとかすかに頷いたようだった。そして薄目を開けて、家族の呼びかけには答えなくなり、遠くに見える何かに左手をかざして今度は花畑に誰かの姿を追うような仕草で大きく息を吐いて、静かに永遠の眠りについた。

藤原佳正らしい、見事な大往生だった。龍彦は日頃から人間の幸せは、幸せの袋を持つ

人に宿ると考えていたが、この父こそ幸せの袋を持った人だと思った。重病を何度も克服し再建を見届け、倒れる直前、次男の子どものお祝いに東京に迄出向き、由実子の父、山中社長から息子達の事業再建の見通しを直接確認した。長女佐代子の家に泊まり、家族全員に元気な姿で挨拶を済ませ、その直後に自宅で倒れ、この日を迎えたのである。長男の家族一人一人にお礼を言って入院し、今際の時にも気力を振り絞って気配りを見せていた。静かに妻君江に感謝と気遣いを示した。そして最後に、「俺は幸せな男だったな」と、自らの人生を、この一言に結んだのである。

その晩、藤原家の母屋と離れにおいて、しめやかに通夜が行われた。家族、親族、組内（隣組）、従業員を始め大勢の人々が佳正の死を悼み弔問に訪れた。焼香を終えて居残った三十人ほどが、それぞれに生前の活躍を讃えていたその時だった。突然、季節外れの雷鳴が大きく鳴り響き稲妻の閃光が轟いた。

「あ、親父さんが龍に乗って天に昇って行く」と、隣組の一人が叫ぶと、一瞬座敷が静まりかえり、今度は、前にも増して、大音響がしてそれきりしなくなった。居合わせた人は、（本当に、佳正親父が天に昇った）と、感じる瞬間の出来事だった。

翌月、師走の十五日、市民会館において、社葬による告別式がしめやかに施行された。

葬儀委員長は前の年、奇跡の逆転で返り咲いた杉本徹市長が務めた。この日に合わせて、勲二等瑞宝章と特別名誉市民章が霊前に捧げられた。昭和五十二年九月の藤原グループ破綻から、僅かに三年三カ月が経過したにすぎない藤原家の葬儀に、全盛期を彷彿とさせる一〇〇〇名を超える焼香の人々が参列した。この日を境に、会社の再建は更にその勢いとスピードを倍加したのである。征彦、龍彦兄弟の努力もさることながら、その大本は、亡き父、藤原佳正が生涯を通じて示し続けた、「苦況をチャンスに変える生き方」のおかげであった。

父佳正が亡くなった翌年からナイスカントリークラブは更に好転し、業績は飛躍的に上向いていた。信用と人気が高まる中で、昭和五十二年十二月に地裁の和解で代物弁済として発行した会員権の人気も比例して高騰していた。月に一〇枚の買い戻しを義務としてスタートし、既に三〇〇枚以上を買い戻していたが、高まる人気に登録する件数がそれ以上に増えたのも嬉しい誤算だった。

そんな時に、予想していなかったことが起きた。あろうことか、以前、藤原工業の不渡り手形の取り立てで龍彦が対峙したことのある、広域暴力団の高山由造総長が会員登録を申請してきたのである。藤原工業の旧債権者の播本という男が高山総長と懇意にしていてナイスカントリークラブ会員権の人気が急上昇していると聞き、上納したらしいことが分かってきた。そこで龍彦は、ある作戦を思いついて提案した。

「会長、播本さんの話では、高山総長が会員になれば他所のやくざ者を絶対に入れないと豪語しているらしい。本末転倒で呆れますよ。でもここは、ことを荒立てずに知恵比べで行きましょう」

「何か、いい方法があるか？」

「高山は、職業欄を金融業としてきました。そして、うちの会則を遵守するという誓約書も入れてきた。笑っちゃうけど、暴力団の関係者は入会不可というところを読んでないのでしょうか？　敵が、それを無視してきているのだから、こちらも高等作戦で行きます。先ず、この入会を拒否してトラブルを起こすのは、得策でないと思う。そこで、高山がプレーに連れてきた同伴者に対し、次回の来場を無期限にお断りする内容証明を順次送付する。何回か来ている内に、高山が同伴するプレーヤーが一人もいなくなるというソフトランディング作戦がいいと思うけど、どうですか？」

「なるほど、表面的には、高山を受け入れたことにして、その一方で、彼の交友関係を根こそぎ来場拒否する。社長らしい高等戦術だな。よし、詳細は、社員にもしばらくは伏せて、筒井部長と栗田課長にだけ大筋の説明をすることにしよう」

「了解です。江戸の敵を長崎で、ということもあるし、もう一つ、この高山対策でもって暴力団一掃作戦に繋げようと思っているんです。」

「というと、これを機会にうちに来る暴力団関係者全てを排除するというのだね」

「その通り。私が以前、西茨城署に勾留された時、当時刑事課長だった岩間さんが今度副署長になったというので相談に行ってみます。この作戦は、警察署に事前に相談して、共同で進めて行きます。どうでしょう?」

「よし、OKだ。今の署長も、警備課長もよく知っているから、早速、二人で相談に行こう」と、善は急げとばかりに、行動に移した。

高利債務の解消のために代物弁済で発行した会員権は、基本的には入会登録を拒否しにくい一面があった。しかし、会則には、暴力団および、その関係者の入会と来場を断固断ることが明記されている。そこで、高山由造の入会を一旦は認めるにしても、明白な職業偽装と誓約書違反を逆手にとって前代未聞の暴力団一掃作戦に打って出たのである。

しばらくすると、以前と同じ市会議員から苦情が来た。

「社長、高山総長がナイスカントリーの会員になって毎週プレーに行ってるそうだね」

「はい、月に三〜四度来場しているようですよ」

「ところで、社長。高山総長が同行している人の中には、やくざ者は一人も入っていないと言うが間違いないかね」

「はい、多分、高山様以外の同伴者では、私が知る限り、プロゴルファーや料亭の社長、飲食店の社長、土建屋の社長さんといった方々で、ほとんど先生のご存知の皆様です」

「そうでしょう。それならば、話が早い。実は、高山総長が怒っていてね」

「何を、ですか?」

「何かの間違いでしょう、と言っておいたが、同伴した善良なゴルファーにゴルフ場から内容証明で、『貴殿と同伴した中に、暴力団関係者が含まれていたので、今後の来場を固くお断りする』と通知してきたと言うんだ。高山総長にしてみれば、他所のやくざ者が来ないように、自分が防波堤になって協力しているのに藤原兄弟は俺を排除しようとしている。だとすれば、承知出来ない。うちの若い者がブルドーザーでコースをめちゃくちゃにすると息巻いているが藤原兄弟の出方次第だと言っている」

「先生、私は例の手形取立の時にも誠心誠意対応して、先生の顔を立ててきたでしょう。

そんなつもりは、さらさらありませんよ」

「それならば、総長が納得するように、今後は内容証明を出さないと言っていいかね？」

「会社としては結構ですけど、会則と利用約款は、塚本理事長を筆頭とする理事会に権限があります。先生もご存知のように、倒産以降は、我々兄弟は、理事を辞任させられ再建の責務を果たすだけに限られています。ですから、高山様には、理事会の通知は約束できないことを理解して貰ってください」と、噛み合わないやり取りが数回行われた後、この市会議員から、最後通告があった。

「高山総長は、気分が悪いから二度とナイスカントリーには行かないと言ってきた。会員権も買い戻して欲しいそうだ。その代わり、他所からその筋の者が入り込んでも、知らないと言っていた。社長、えらいことになったね。頭を下げて、理事会を説得した方がいいと思うよ。私としては、昔、君らのおやじさんに世話になったから出来るだけのことをしたが、これでこの件から下ろさせて貰う。方針が変わったら、また連絡してください」と、間接的に、脅しを交えながら懇意の総長が退会に追い込まれた悔しさを伝えてきたのである。

「会長、うまく行きましたね。これで、一件落着と言いたいけれど、本当の勝負は、これからです。警察の警備課と全て相談ずくめで進めてきて正解だった。倒産以来、一見して暴力団関係者と分かる、招かれざる客が時々きていたが、高山総長の退会を絶好の機会にして、今後は一人としてそうした輩を入場させない決意で行きましょう」

「一人の大物やくざとの一年間の闘いの勝利が、全ての暴力団を近づけない結果に繋がるなんて、逆転サヨナラホームランみたいだ」

「うん、ほんとだね」と固く握手した。

倒産の後遺症は、確かに様々なところに現れたが、その一つひとつを絶好のチャンスと捉えて、各界各層の専門家に相談することで解決していった。警察署の指導と協力で、暴力団総長の会員登録騒動を解決し、全ての暴力団関係者排除に繋げて最も成功した例として、その後、模範となっていった。


三年後、昭和五十九年十一月二十七日。午前十時から、ナイスカントリークラブにおいて、第七十一回経営改善委員会が開催された。再建計画の債務弁済を前倒しする一括弁済が承認され、経営改善委員会の解散が全会一致で決議され、株式会社ナイスカントリークラブは完全再生を果たしたのである。

龍彦はこの時、幸次郎とその長女由実子との出逢いから始まったゴルフ場経営の道のりを遡っていた。自分達が創業した頃、右肩上がりの第二次ブームを迎えていたゴルフ場事業は、地上げと会員募集が予定通りに運べば自己資本が無くてもそれに代わるキャッシュが入り、必要なだけ資金を手にすることができる筈だった。その通りに運んで数十億円の会員権収入を得たではないか。いろいろな邪魔や企みに妨害された地上げにしても一応の成功を見たではないか。しかし、龍彦と兄はそのオープンに漕ぎ着けたにも拘わらず初期段階で躓き、倒産した。甘い夢は破れて、父親が三十年以上成功を重ねて来た優良企業と個人資産や信用、名声が一瞬にして吹き飛ばされてしまったではないか。

多くのゴルフ場は会員権が持つ底知れない威力を遺憾なく発揮し、額面を遥かに上回る市場相場に支えられ償還請求を免れていた。「返す必要のない負債」というある種の集団錯覚が巨大化して、マネーゲームの先端を走り続けていたのかもしれない。なのに、龍彦と兄は、全てを失うほどの窮地に追い込まれた。そして、運命は兄弟二人にゴルフ場事業の実態をいやというほど突き付けたのだった。六〇~二〇〇万円の預託金債務は倒産後紙切れ同然に価値を失い、相場が名義変更料込みで二十五万円という不可思議な数字で表現され、流通して売買される会員権が高利債務と相殺の条件で発行された分だった。

つまり、名義変更料三〇万円を差し引けばナイスカントリーの会員権相場は実にあり得ないマイナス五万円ということになる。既存の会員の不満はいずれ償還請求という形で押し寄せてくることが容易に想像できたが、その一方で名義変更料込み二十五万円の会員権は飛ぶように売れて一人歩きしていた。龍彦は倒産によりゴルフ会員権の不可思議と現実の狭間で何が本当の価値なのか、受け止め方によって命取りになる危険を強く感じていたのである。幸か不幸か、会社再建十年計画合意書には毎月一〇枚以上の買い戻しが義務づけられたほか、新規会員権の発行は十年間禁止されていた。会員権に頼らず営業収入のみで再建しなければならないことで、膨大な固定資産と総資産総負債とは反対に、町の小さなスーパーマーケットやコンビニ店舗と殆ど変わらない少ない商いのゴルフ場経営の矛盾を厳しく受け止めていたのである。

昭和六十一年十一月二十四日は、亡父佳正の七回忌の命日である。龍彦は、この日一人で、実家の母屋と離れの間を流れる川の水面を眺めていた。幼い日の夏の夕べ、帰宅すると父は裸になり、大きな体をこの川に沈め豪快に沐浴をしてから、風呂に入るのが常だった。その頃は、この川には上流に湧水池があるだけで、地下水が湧き、川底の砂が美しく舞っていた。そこには、ヤゴやタナゴ、ハヤ、ヤマメ、フナ、鯉やナマズ、鰻などが生息していた。夏には、無数の蛍が飛び交い、川トンボが辺り一面に飛んでいた。小鳥はといえば、ウグイス、メジロ、カワセミなどが当たり前のように梢に遊び、今思えば楽園といえる風情であったことを懐かしく思い出していた。当時のこの川面の水の美しさを示すこととして、この川縁の家庭では殆どが、この川から自宅に水引溝をもうけ炊事の用水にしていたほどである。今でも、澄んで綺麗な水と佇まいを見せているが、上流が一般河川と繋がったために、農業用水が混入して水質が違っている。そこから裏門を出て、昔、母の後ろについて、近所への用足しに歩いて行った自分の幼い姿を思い浮かべながら二見神社を参拝した。

かつて、神社の入り口付近には、佳正が、終戦前に建てた貸家の長屋が八棟あった。そこは終戦から戦後の混乱期にかけて、東京から疎開してきた近親者や地元関係者の家族に提供し助けてきたが、今は取り壊されて他人の家が建っていた。墓地と旧製材工場を右手に見て回り込み、先ほど通った道に出ると間もなく父が眠る菩提寺の正面入り口の前に到着した。本堂でお参りしてから、藤原家先祖累代の墓の前に立った。ご先祖様に手を合わせてから、亡父に語りかけた。

「お父ちゃん、倒産から九年近い八月、旧債務は元本から金利まで全て弁済を完了したよ。これまでに、親父とおふくろを始め、家族に心配や迷惑を掛けて本当に申し訳ないと、強く厳しく反省しています。でもご先祖様や御仏様のご加護のお陰で、今こうして再建してみて、つくづく言えることがあります。俺の場合、それは幼い時から、折に触れて親父から、〝絶対に諦めるな。そうすれば、ピンチやどん底は大きなチャンスに転換できる〟という、実体験を何度も聞かされて育てられたことです。そして、あの倒産のどん底もそれを乗り越えることができた今では、かえって助け合い信じ合える原動力になりました。妻と子ども達を、生涯を通して愛し通せる深い愛情を持つことができました。臨終直前にお父ちゃんが俺達に残してくれた、〝俺は幸せだった〟という言葉は、人間として人生を全うした最高の言葉として、最も幸せな生き方を教えてくれました。これからも、一人になってしまった目の不自由なおふくろを大切に守ります。親父も、天国から見守っていてください」と、言葉に出して、思いを伝え、

「今後、どんなことがあっても、仮に再び苦境や困難のどん底に立たされるようなことがあっても、絶対に諦めることなく、希望の灯火を持ち続け、どん底をチャンスに変えて人生を幸せに生き抜いて行きます」と、誓ったのである。

西の空に、美しい夕日が沈もうとしていた。

（四）女婿の師

ナイスカントリークラブが再建してから十年以上の歳月が流れた。ナイスカントリーは嘗て、龍彦の義父山中幸次郎が自分の会社の共倒れを回避するために、懇請された社長就任を断念した。その苦渋の決断が正しかったことを裏付けるようにナイスは飛躍的に繁栄を続けていた。しかしこの間、日本は歴史上これまでに経験したことのないバブル経済に翻弄されたのだった。取り分け、不動産や証券、そしてゴルフ会員権がバブルの象徴のようにもて囃され高騰した揚句、バブル崩壊後には、その反動で大暴落したのである。

平成四年後半から始まったデフレ不況は、まるで奈落に沈むように加速していた。しかし、それから二年経過したこの頃になってもゴルフ場経営者の多くは未だ危機感を持っていなかった。

日本経済の大変化の中で九ホール増設を完成し、県内四番目の三十六ホールを実現したナイスカントリークラブは、嘗て倒産によってどん底を経験し、その後の再建において更に厳しい先見力と経営力、人間力を築いていたため、バブルがはじけた後もその影響は極めて少なかった。

一方、藤原兄弟の破綻の折に苦渋の決断をして陰に回り支えてくれた山中幸次郎が率いる名門トーナメントコース、興北リゾートゴルフクラブも又、バブルの勢いに乗って躍進していた。同じく三十六ホールコースになると共にクラブハウスを改築して確固たる基盤を固めていたが、暗雲は思わぬ方向から立ち込めていた。

「僕は大腸癌だと思うんだ」

「え～、社長がですか。病院でそう言われたのですか？」

「いや、検査が続いているので最終的に分かるのは、年が明けてからになると思う。診断の数値が腫瘍マークの基準を超えているし、大便に血液が混じっているというのだから間違いない」と、幸次郎は暗い表情で呟くように、異母弟で常務の山中新次に告白した。平成六年があと十日ほどで暮れようとしている興北リゾートゴルフクラブ社長室での、親子ほど歳の違う異母兄弟の会話である。

「社長、精密検査の結果が出るまでは誰にも言わない方がいいですよ。まだ、癌だと決まったわけではないのだから。それとも、もう誰かに話しちゃったのですか?」

「いや、誰にも言ってない。先に新次の耳にだけは入れておきたかったから話したまでだ」

「それならいいのですが。社長は、以前にも自分は癌だと言ってみんなを心配させたけど、結局なんでもなかったことが二度もあったのだから今度も同じだと思うな」

「いや、今度ばかりは間違いなく癌だ」

幸次郎はもともと便秘症で、七十五歳を超えてから、大腸にポリープができやすくなっていて半年に一度、水戸のがんセンターに通い内視鏡によるポリープ発見と摘出のオペを繰り返していた。今回は一〇個のポリープが発見された上にその内の一つが親指ほどの大きさだったことで主治医の病院長から、「癌になっていなければいいのですがね。よく検査してみますから」と、言われたことが話の発端だった。以来夜も寝付けず食欲も低下して本当の末期癌患者のような表情になってしまっていた。山中社長のこのシークレット情報は、それから三日も経たない内に社内で知らない者がいないほどに蔓延して行った。新次が心配して口止めしたにも拘わらず、幸次郎はこの類の秘密を他人に隠しておける性分ではなかった。

「山中社長は大腸癌らしい」という噂は、あっという間に社内外に広がって行った。この頃、幸次郎は茨城県北部のゴルフ場開発の先駆けとして成功し、全国的に見ても前例のない男子プロゴルフトーナメントを単独主催して、既に十三回大会が終了していた。

「社長は不死身だから、大丈夫ですよ」と、新次はいつもの満面の笑顔で深刻な顔の異母兄を元気付けてから一呼吸間をおいた。暫くすると、今度は自分が神妙な表情で切りだした。

「ところで社長、東進の方で銀行に金利を払わなくちゃならないので、お金を貸してくれませんか？」

「又か？　先月貸したばかりじゃないか。こんな時にそんなことを言われたって返事できるわけがないだろ」と、不快な表情を顕わにして絞り出すように答えたが、相手は意に介す素振りも見せない。

「でも社長、銀行に迷惑かけるわけにいかないでしょ。大丈夫ですよ、絶対返しますから。国松君を呼びますから立て替えを指示してください。おーい、国松部長、社長が呼んでいるよ」と、さっきの神妙な顔はどこ吹く風に変わり、金の無心に成功した常務の新次はニコニコ顔に戻っていた。

「社長は強運の持ち主だから、絶対に癌になんかなりませんよ。あ、国松君、社長に了解してもらったから、東進で二十六日までに支払う銀行金利分を社長から借りることになってね。一時、会社で立て替えてもらうから小切手を頼むよ」

「え、又ですか。社長、いいんですか?」

「う~ん、まあ、しょうがないだろ。僕が保証するから小切手を切ってやってくれ。銀行には迷惑をかけるわけにいかない。それに僕は今、癌の心配で頭がいっぱいなんだ」と、不機嫌に言い捨てた。

　山中新次は、この会社の常務には違いない。が、一方で自分の個人事業である東進グループの代表を兼ねていた。その業態は凄まじく、ビジネスホテル、ラブホテル、回転寿司、割烹、居酒屋三店舗、麻雀荘、屋台村、うどん製造販売、ゴルフのクラブ修理業、そば屋、ラーメン店、台湾パブ、飲食店集合貸しビル三棟、古物商等々、実に二十種に及んでいた。ここに至っても懲りずにパチンコ屋、特殊浴場、そしてツインタワービルなどの構想を描いていた。従って、興北リゾート株式会社の常務でありながら、これまでの三年余りは、週に一~二回出社する程度で社外重役の様相であった。

社長の異母弟であり、〝ゴルフ場開発当初の功労者〟と、社長が公言しているこの男は、場合によって次期社長の噂も聞こえてくることを巧みに資金調達に利用していた。表向きに批判できる者は誰一人いなかった。銀行にしても、興北リゾートグループと新次の東進を一体に見ていた。それが問題をより大きく複雑にしていった。それどころか、バブル期に十数億円に及ぶ投資と言われた不動産資産が、バブルの再来でもあれば桁違いに跳ね上がるかもしれないなどと、まことしやかに語る関係者の方がはるかに多かった。しかし、実態は、バブル崩壊から思いもかけないほど急転落をしていたのである。この危険な事実を知っているのは当事者以外一人もいなかった。兄の山中社長と腹心の国松経理部長、それに本人でさえ全貌を把握していなかったのだ。厳密には、本人はただ思いつきで投資し改装して、思いつきで開業開店するだけで、開店以降は全て他人任せという、事業とか商いとはほど遠い道楽商売の有り様だった。自分自身は経営者気取りであっても、経営、収支、損益計算書、貸借対照表など何も分からない人だった。暗雲は重く優良企業を覆い尽くそうとしていた。

明けて平成七年一月。

「龍彦さん頼む。うちの社長を引き受けてもらいたい。由実子から聞いたと思うが僕は癌で長くないかも知れない。だから、何も言わずに社長になってほしい」

「お義父さん、待ってください。確かに由実子から、大腸癌と思いこんでお義父さんがふさぎ込んでいると聞きました。しかし、がんセンターの院長は念のため採取したポリープの組織検査をすると言っただけのことではないのですか?」

「いや、僕には気休めを言っているとしか思えないんだ」と、憔悴した顔を引きつらせて、誰の話にも耳を貸さない。龍彦は、由実子とこの問題を連日話し合っていたし、由実子は、この数日前にもがんセンターまで幸次郎に同伴し、直接院長に確認した。

「先生、癌の可能性は高いのでしょうか?」と、本人のいる前で訊きただした。

「いえ、癌の確率は低いのですが、山中さんは大腸にポリープができやすいので繊維質の野菜を中心に食べることを以前からお勧めしていました。それより体重を減らして心臓の負担を軽くすることの方が当面の課題ですよ」と、笑って説明してくれた。

「父は、自分が末期癌でもうだめだと言って、食事も殆ど食べずにふさぎ込んでいるんです」と、由実子は幸次郎の方を向いた。

「ほら、先生は心配ないとおっしゃってくださったでしょ」と、半分あきれながら励ましてもさらに本人は、

「いや、検査の結果が全て出て、大便に血が混じっているのが無くならないと安心できない。半年ごとの検査で毎回ポリープが五～六個できていたのが今回は十一個も見つかった。その中の特大の一つが癌だと思う」と、譲らないままでいた。こうなると、癌ノイローゼに近い状態で何を言っても耳に入らない。そして、この時から、

「龍彦さん、うちの社長になってくれませんか。兼務でかまわないし、週に二日か三日来て状況を把握してくれればそれでいい。会社は、何も心配するようなことはないし、僕のやって来た通りに継続してくれれば問題はない。だから頼む」と、何度も懇請するのだった。龍彦は幸次郎の願いを受け入れ、予てより憧れの名門企業だった興北リゾートの社長を兼務で引き受け、週のうち三日を興北リゾートに勤務するようになった。これで、幸次郎の癌の心配が遠のけば丸く収まる筈だった。

しかし、事態は大きく動いた。龍彦は常務である山中新次の事業の内容が徐々に分かるにつれて背筋が凍るような危機感を持たざるを得なくなっていたのだ。殆ど破産状態なのに平気で営業を続けているだけでなく、誰も実態を把握していないことが龍彦自身の調査で分かってきたのだ。しかし、露骨には山中会長に言えない。弁護士や税理士に相談して

も埒が明かない。詳細が分かるにつれて山中会長に調査結果を説明して考えを訊ねた。

「東進のことは僕にはよく分からない、僕がやらせたわけではない。銀行の支店長が絶対に成功するからと言うので保証を引き受けただけだ」の一点張りだ。それでも、まだその頃は尊敬する偉大な経営者である山中会長のことだから何らかの手を打ってあるに違いないと信じて疑うことは無かった。

ところが、龍彦が憧れの興北リゾートゴルフクラブに社長として出社してしばらくした頃から、「そんな筈があるわけがない」という場面に遭遇することが増えて行った。嘗て再建中のナイスカントリーから見た興北リゾートゴルフクラブは、はるか雲の上にそびえる憧れのような存在に思えた。特に男子プロゴルフトーナメント開催時には、四日間で一万五〇〇〇人にも及ぶギャラリーを迎えて、輝いて見えていた。それが今、社長としてゴルフ場の施設やコース、クラブハウス、ホテルと温泉センターどこを見ても自分が考えていた輝きもなく、はつらつとした従業員の活気が感じられない。（そんな筈がない）という気持ちで見て歩いている内に、（ひょっとして、四年にわたるバブルが崩壊して経済が停滞し不況に陥って三年にもなるというのに、ここでは未だバブルの夢にひたっているのか？）という不安が募ってきた。それでも、山中会長に限ってそんなことがあるわけが無い、と思い直してみたが、不可解な現実が迫ってくる。コースが荒れている。大切なグリーンメンテナンスを外注先に任せきりで、自分が再建したナイスカントリーより知識やコンディション造りが五年以上も遅れているように見えた。一刻も早くこの現実を誰かに説明し気付かせなければならない。思い切って山中会長に話すと、

「僕はコースのことは全て支配人に任せてきた」と言い、ベテラン支配人と話すと、

「キーパーにはグリーンのボールマークとフェアウェイのディボットを無くせと常に指示しています」と、まるで本質を掌握していない。しかも、コース課従業員五十四名の半分以上が管理機械持ち込みの外部委託業者のスタッフで占められていて、メンテナンスの重要なところを全て担当していた。つまりプロパーの従業員がコースの大切なことを勉強していない実態が明らかになってきたのだ。施設が散らかっていても一般の従業員はあまり清掃をしない。外注業者がやるものと決めている節が見える。龍彦は、

「俺が率先してやるしかないな」と、ナイスカントリーの除雪を思い起こしていた。

興北リゾートは、ナイスカントリーよりはるかに多い従業員と人件費を要していながら、主要な業務を外注に頼っていた。一体、誰が何を教育し指導し管理しているのか、長年尊敬し憧れて手本にしてきた興北リゾートはどこに行ってしまったのか。幹部は、オー

ナーの山中会長の人並み外れた寛容さと、この十五年余りの間に、際だってきた仏心から来る寛大さをいいことにして、楽をして真剣に仕事をしていないのではないかと、考えざるを得なかった。正に優良企業病という緩みに見えてくるのだった。しかも、上層部に限るが、同業他社の幹部よりはるかに高給を取っている現実が歯痒かった。これを会長に遠回しに問いただすと、

「龍彦さん、僕の経験ではお金を多く払えば払うほど人間は働くものだよ。自分に置き換えれば分かることです」と、取り合わない。そこで、取り急ぎ一つの方針を決めて山中会長に提案した。かつて、十七年前に会社を再建する際に手がけた従業員教育、すなわち人づくりから始めることにしたのである。それは、ナイスカントリーにおける、除雪システム日本一の教育と、幹部による玄関のお出迎え、挨拶日本一を目指す、ゴルフ場の研修などの意識改革からスタートさせようとするものだった。

「うちは、嘗て倒産したナイスカントリーじゃない。藤原社長は、何を勘違いしていきがっているんだ」と、陰でうそぶく幹部も少なくなかった。龍彦は社長に就任すると次ぐ日から玄関に立った。幹部社員も立たせた。これがかつてナイスカントリーを再生させた原点であることを、身をもって示したのだった。しかし、プライドの高い専務と自分の事

業で忙しい常務は立つことはないだろうと、誰もが考えていた。事実、その通りだった。暫くして二人を呼びつけると、龍彦は静かに意思を伝えた。

「玄関に立たない役員社員は我が社には不要です。この場で辞表を出してください」と、申し渡すと二人はその日から立つようになり例外という甘えが過去のものになった。

同様に冬季の降雪時には龍彦がナイス仕込みの除雪を先頭に立って展開した。興北リゾートの冬は西茨城市より四度から五度寒い。同じ量の積雪は二倍以上の作業が必要だった。しかも、折角除雪して連絡しても寒さと遠距離のために来場する客は僅かだった。それでも汗を流して徹底して雪を取り除いていると従業員と一体感ができた。専務と常務は慣れない除雪にも遅れて参加してきたが、従業員達はあの二人が玄関に立ち、除雪作業をする姿を見て驚くと共に、社長の決意を強く受け止めるようになって行ったのである。

龍彦はこうした行動と並行して従業員とのミーティングや研修の場を頻繁に持ち、そこでも先頭に立って涙を流して体験を織り交ぜて訴えた。

「このまま、ぬるま湯につかっている状態が続けば、折角、山中会長が築いて発展させた優良企業、興北リゾートといえども、いずれ破綻する。そうさせないために、いまこそ従業員が変わらなければ手遅れになる。嘗て自分の会社を倒産させ、そして再建した経験をもつ私だから言えることだ」と、本音をぶつけて先頭に立ってリーダーシップを示し続けた。龍彦のこの姿勢は、むしろ幹部ではない末端の一般社員から徐々に理解され始め、二年もしないうちに中堅幹部にまで浸透していった。

しかし、この頃既に、バブル期に募集した高額面会員権預託金の償還期日が目前に近づいてきていたのである。

（五）　火中の栗

龍彦が興北リゾート株式会社社長に就任してからの八年の間に、日本中のゴルフ場を取り巻く経営環境はひっくり返るほど変わっていた。興北リゾートゴルフクラブも例外ではなかった。嘗て、三十六ホールオープン記念で行った会員募集で、当クラブとして初めてとなる高額募集（募集金額一〇〇〇万円、預託金六〇〇〇万円）の際には申し込みが殺到した。締め切り間際には、入会させろと怒鳴り込む人が大勢押し寄せ騒然となったほどだった。

それが、バブルが崩壊し始めて五年後の平成九年に、複数コースを有するゴルフ場大手企業が償還不能に陥り軒並み破綻したことから、例外なく会員権相場が大暴落した。良くて十分の一、間もなく百分の一、やがて千分の一という例まで現れた。この影響を最小限にするため国会において民事再生法が制定された平成十一年以降には、実に全国ゴルフ場の三分の一近くがこれを申立した上で外資を始めとする第三者に譲渡して行ったのである。

興北リゾートゴルフクラブはオープン以来、創業オーナー山中幸次郎の経営理念として会員権預託金は請求があれば全て返金する方針を貫いてきた。始めはそれが信頼と評価を支えてきたが、全国の大多数のコースで会員権が雪崩を打って暴落し、償還請求の不払いが表面化する中で、例外を貫くことは最早不可能だった。寧ろ、返金するかも知れないという噂によって他所より激しく償還請求が押し寄せて来た。こうして興北リゾートグループは、無借金の安定経営から僅か十年余りで七十億円を超える借金会社に陥ったのである。

平成十五年の秋、興北リゾートグループも多額の償還資金の流出による債務超過に陥り、遂に経営危機を迎えるに至っていた。この時点で会長の幸次郎は自ら第一線を離れ、龍彦に再生を託した。これを受けて龍彦は、自らオーナーであるナイスカントリークラブ社長を勇退する意志を内心で固めていた。興北リゾートに全てを懸ける姿勢を内外に示し、人生二度目のどん底からの再生に向けて始動しようとしたのである。

すかさず龍彦は、メインバンクの茨城パシフィック銀行の大山新頭取に面会を申し入れた。以前は、山中会長と龍彦、それに経理部長が同伴すると、いつの場合にも会長と頭取が格別の応対をしてくれた。しかし、最近では両首脳は出てくることもなく、山中会長が銀行に出向いて信頼関係と絆を確認する懇談は出来なくなっていた。この日は、緊急の事態を如何にして脱出するか切実な面会と分かっていたので龍彦と経理部長の国松と、同行から出向している寺田管理部長の三人で訪問した。迎えた銀行側は大山頭取と融資担当の須永常務がやや緊張した面持ちで相対峙した。

「藤原社長、当行は興北リゾートグループさんには、永年たいへんお世話になってきました。又、山中会長さんは当行のお取引企業経営者の中でも最高に信頼し尊敬されています。ですから、興北リゾートグループには何としても再生して頂きたい。私が頭取になってすぐ人材支援で寺田を出向し、金利の減免と弁済猶予を決めたほか、日本企業再生会をコンサルとして送り込み経営改善計画を立ち上げる特別支援をしてきました。しかし、今後これ以上の融資は出来なくなりました。よくよく覚悟して今後の方針を早急に決めて下さい」

「大山頭取の格別なご支援とご配慮により、おかげさまでこれまで山中会長の理念を貫き償還を続けてくることが出来ました。しかし先日、須永常務さんから、これ以上の追加融資は出来なくなったと通告を受けました。御恩に報いることが出来ず申し訳ありません。山中会長は責任を痛感し、代表権を返上して事実上第一線から退きました」

それまで黙ってこのやり取りを聞いていた須永常務が怒ったような表情で口を開いた。

「藤原さん、私もあなたも現場を預かる立場として昔の栄光や恩とか義理などから脱却しましょうよ。大山頭取と御社の山中会長の信頼関係と今後の経営立て直しとは別問題だ。今日は、今後どう対応するのか、代表責任者として具体的なお考えをお聞きしたい」と、昵懇の間柄であるトップ同士の絆を断ち切る厳しい宣告を代弁してきたのである。

「私は、大山頭取が御存知の通り偉大な山中会長の後を付いてきたのですが、事態はここに来て急を要しています。弁解はしませんが、私は現在、山中会長が引き受けた異母弟である新次さん経営の東進グループ事業の負債を解決することに全力を挙げています。そして、私が兄と共に経営しているナイスカントリークラブの経営権を兄に譲り、代表取締役を辞任することを決めています。それによって得られる金額全てを興北リゾートグループに投資し、経営改善計画を遵守して私的再生を目指します」と、断言すると龍彦は頭取と常務に向かって土下座をして懇請した。

「私はナイスカントリークラブを破綻させた人間です。しかし、御存知の通り、それを再建した人間でもあります。会社経営の師と仰ぐ山中会長に代わって全責任を承継しました。ナイスカントリーを離れて今後、興北リゾートグループ再生に専念し、全てを懸けて邁進します。責任の全ては私が果たします。年老いた山中会長の余生については、寛大な措置をお願いします」と、流れ落ちる涙を拭おうともせず頭を床に付けたまま決意を伝えたのである。

「藤原さん、あなたの決意と覚悟はよく分かった。だから、手と頭を上げて下さい。東進グループのことでは融資をして積極的に事業を薦めた当行の当時の担当者にも責任があるのかも知れません。今後も、会長から難しい後継を委託された藤原社長を支援して行きますから頑張って下さい」

大山頭取が立場上ゆるされる限度ぎりぎりの言葉でこの土下座の覚悟を受け止めてくれたのが龍彦にとって唯一の救いだった。

その後は高額な報酬を得ていた役員や幹部には減収を強いると共に、会長の異母弟を始め運転手付きの役員などは次々に退任してもらった。残った従業員はバブル期やそれ以降に入社して現場の第一線で仕事をしてきた社員が殆どを占めるようになった。その第一線部隊に新入社員が加わった従業員達は総じて素直で、トップが示す方向と目標に向かって突き進む者達であった。会社の再生はつまるところは人間力によると考えた龍彦は、以前にも増して従業員に対して現状と見通しを伝えると共に訴え続けた。

「本来、ゴルフ場は小資本で年商五～六億円程度の小企業です。一般大衆ゴルファーが低料金でプレー出来ることが健全経営ゴルフ場の筈でした。これ迄は会員権が力を発揮してお金が集まり不可能を可能にしてきたのです。ところがゴルフ会員権はインフレ経済に煽られるようにして、いつの頃からか投機の対象に変わってしまった。これからは会員権という魔力に頼るのでなく、最高のコースと食事と接客を実現させ、プレー権として最高の評価と人気を高めて新しいスタートを切るのです」と、再生モードのミーティングで繰り返し説明したことにより、信頼できる行動力のある従業員が育っていた。

リストラと大倹約は企業再生の基本であり、いつの世のいかなる場合にも例外はなかった。今回の危機は自分が原因ではないし、元々自分の会社ではないが、今となってはもう一度人生の全てを懸けて再生するしかないところに来ていた。龍彦はそれを覚悟して集中したのだ。ところが、一方でリストラによって解任された旧臣達を中心に、龍彦への恨みつらみの声が広まっていた。

「藤原社長は、おおらかな山中会長とはまるで違う。評判がすこぶる悪い。山中会長に万一のことがあれば、名門興北リゾートも危ない」という噂が一部の最高幹部の不満から始まり、西茨城のナイスカントリー会長である兄の耳にまで届いていた。ある日、征彦は心配して興北リゾート本社に龍彦を訪ねて来た。

「周りからいろいろ言われているようだが俺には分かっている。あの時、龍彦が社長を引き受けていなければ今日の興北リゾートは無かった。苦しいだろうが頑張ってもらいたい。どん底をチャンスにして兄弟二人で再建した昔を思い起こしてやるしか方法がない。俺にできることは何でも協力するから言ってくれ」

「兄さん、早速甘えるようで悪いがナイスカントリーでは古いカーペットを処分して新調するそうだね。廃棄する四〇〇〇枚をうちに提供してくれないか」

「お安い御用だ。ほかに必要なものはないか」

「古いカートとコースメンテナンスの芝刈り機械やフェアウェイスイーパー、旧式の乗用三連モアなどで廃棄するものは何でも貰い受けたいね」

「分かった。ほかに何か協力できることがあったら言ってくれ」

「ありがとう。それで十分だ」

このやり取りの直後、少し間をとった征彦から弟龍彦に信じられない言葉が重苦しく伝えられた。

「ところで、突然で悪いけど、ナイスカントリーの社長を辞めてくれないか？」

「え？　俺を解任するの？」

「そうじゃない。今のまま兼務の代表でいれば、再生の段階でうちに大きな影響があることを考えてくれと言っているんだ」

それは龍彦にも分かっていた。そして、以前から考えていた。そして、興北リゾートの再生計画をスタートする前に、ナイスを辞任することを内々で決心していた。しかし、それはこれから再生計画を立ち上げる興北リゾートにとって、周到な計画と絶妙なタイミングを必要とする重要なポイントである。それを自ら兄に相談するつもりでいたものが、先に辞めてくれと言われてしまったのである。

「銀行か、役員や理事から何か言われたのですか？」

「いや、そうじゃない。興北リゾートがこれから再生の道を進むというのに、うちの社長と興北リゾートの社長が同じ人物であれば、共倒れの要因として疑われてしまう。出来うる限り支援するから、ナイスから離れて昔のように再生して甦ってくれよ」と、言い放つと、号泣した。龍彦は、既に辞める覚悟をしていたことも、そのためのタイミングを相談するつもりでいたことも兄には話すまいと心に誓った。

「分かった。償還問題と東進から引き受けた債務処理を考えると、ここでナイスを辞めて自ら覚悟を示し、背水の陣を敷いて初めて従業員が命がけでついてきてくれるのかもしれないな。言われたように、今こそ興北リゾートに全てを懸けるべきだと思う。由実子と道央に話して、明日、辞表を提出するよ」

「昔、龍彦が逮捕された時、警察も検察もほんとの狙いは俺を逮捕することだったはずだ。龍彦がいち早くそれを察知して全て自分が被り、食い止めてくれたことを忘れたことがない。出来うる限り支援するから昔のように再生して甦ってくれよ」

話しながら兄は先ほどより大きい声で再び号泣した。しかし、龍彦の目に涙はなかった。

その昔、ナイスカントリーの奇跡の再建を法律家として起案した橋本弁護士は、既に弁護士を廃業し、この時、病の床に伏せていた。龍彦は、あれ以来ナイスと興北リゾート双方の顧問として常に的確な意見と指導を示してくれた恩人を見舞い、ナイスカントリーの役員を辞任することを報告した。

「征彦さんが辞めてくれと言ったのですね」

「いいえ、自分で潮時と考えたのです」と、龍彦は答えた。橋本は見る影もなく痩せてはいたが、その眼光は昔のまま鋭く、真実を見抜く力は衰えていなかった。

「うむ。だったらそういうことにしておきますが、私は一つだけ、龍彦さんに言い残すことがあります」

「はい、心してお聞きします」

「興北リゾートの再生において、仮に民事再生を進めるとしたら、山中会長ご存命中は、まかりなりませんぞ。会長は地域社会に貢献し事業の全てに成功し、その利益の多くを寄付してこられた方です。しかし、ただ一つ、異母弟の東進の事業を保証して会社にもそれを負わせた責任は免れない。後を整理し再生を目指す龍彦さんの苦悩は計り知れないが、仏様のような山中会長の人生に傷を付けることだけは回避してください。これは、私達二人きりの秘密にしてください」

遺言ともとれる、その厳しい忠告を残した二カ月後、橋本元弁護士は帰らぬ人となった。

この後、ナイスカントリーの社長を辞任し興北リゾートに専念するようになった龍彦の覚悟と決意は、従業員にも会員にも債権者にも、うねりのようなエネルギーとなって伝わって行った。それと共に、誤解や中傷から起きていた批判の声もいつの間にか消えていた。加えて、他社で見習い修業をしていた長男の道央が祖父と父親の危機を知り、再生に加わるために帰ってきた。一方、平成十七年の前半になると、山中会長が異母弟を救うために三年前に引き受け、どうやっても売却できなかった事業や不動産が次々に譲渡できて問題の整理と解決に向けて大きく前進したのである。

翌年の四月、満八十八歳になった幸次郎と八十七歳の妻比佐子夫妻の米寿を祝う会がホテル興北にて挙行された。この祝賀会は、まだ先行き不透明な興北リゾートグループに、支援を継続してもらうための時間稼ぎのような効果をもたらした。幸次郎と永年にわたり親交の篤い元町長、現町長、そしてゴルフ協会会長に依頼して主催者になってもらい、会社と家族は受け身の立場を貫くことにした。その半年の準備期間は会社再生の地盤固めに邁進することができた。その結果、東進グループから引き受けた債務整理が進んだほか、龍彦がナイスカントリークラブ社長を辞任して得た退職慰労金によって会社を支援する方法をとった。さらに、業績が上向きになって再生の機運が高まり、四年ぶりの黒字決算書を提出することができたのである。

橋本弁護士の遺言ともとれる忠告を守って私的再生による可能性を目指し、一心不乱に業績を向上させた結果、翌期の中間決算も好成績を示すことができた。

「龍彦さんのおかげで会社が立ち直る可能性がでてきたような気がする」と、報告を聴いた幸次郎は上機嫌だった。

その日は龍彦の案内でカートに乗り、ゴルフコースを見て回り、

「今日はとても気分がいい。ついでにホテルと日帰り温泉も見て回りたい」と、幸次郎が希望して、全ての事業所を回ることになった。顔を合わせた従業員に声を掛けて元気な姿を見せて歩いた。

しかし、それから四日後、まるでこの時を待っていたかのように、山中会長は済生会水戸病院に緊急入院となった。心不全と診断され、冠動脈が八割以上詰まっているという診断だった。普通ならカテーテルで冠動脈の詰まりを除去するところだが、幸次郎は永年の動脈硬化でそれができない。主治医から、点滴の投薬で除去するしかないので、一週間が山だと言われたが、これまで脳内出血や盲腸破裂などで何度か健康上の危機を乗り切った幸次郎だった。きっと、今度も乗り切ってくれるだろうという家族、親族の願いに応えるように意識もしっかりしてきて顔色も良くなってきた。

幸次郎は、「お父様、苦しくない？」と言う由実子の問いに、その度毎に、首を横に振った。

「あなた、大丈夫ですか。しっかりなさって下さい」

衰弱している比佐子が声を掛けると頷いて、逆に、

「比佐子は、大丈夫か？　由実子、龍彦さん、道央くん、比佐子を頼む」と、老妻を気づかった。点滴が効いたのか入院から四日目には元気な表情に戻り、見舞い客の一人一人と言葉を交わし安心させて見せた。その晩、連日の看病で疲労困憊の由実子に少しだけでも交代して休ませてやろうと、龍彦が夕方から夜に掛けて四時間ほど付き添いを交代した時だった。

「僕はね、龍彦さんにうちの社長になってもらって本当に良かったと思っている。ありがたいと同時に苦労を掛けて申し訳ない。今みたいになるなんて想像もしてなかった」

「会長は、強運な人ですから、神様が癌と勘違いさせてくれて、良いタイミングで社長交代をさせてくれたのでしょう。私の方こそ、会長を安心させてあげられなくてすみません。どこがつぶれてもおかしくない時代です。まだ、当分の間、苦境が続くことになると思いますが、それでも昨年、東進問題に一応の整理がついて私も興北リゾートに専念できるようになって一安心です。これも、会長が運を運んでくれたおかげです」と、耳元でやや大きな声で話すと、目をつむったまま笑顔で頷いた。龍彦は続けた。

「会長は、〝大宮田地域の人々が夢と希望を持てる郷土にする〟という人生の目標を立派にやり遂げました。私は、お義父さんのように運が強くありませんが、昔から絶対に諦めないという生き方では人後に落ちません。これから先は、道央と二人で、興北リゾートを守って行きます。ひょっとすると、会長の理想とは形態や規模は少し変化が生じるかも知れませんが大目に見てください。でも、私は興北リゾートグループを、正常な企業に復活させることを決して諦めません。だから、会長には元気になって来年の卒寿を迎えてもらいたいのです」

するとと幸次郎は小さな声で、「分かった」と言って、眠りについた。龍彦は、それから二時間半の間、岳父の額に手を当てて、初めて会ってからの三十五年を振り返って、語り続けた。一つひとつの思いが手のひらから伝わってゆくように思えた。不思議なほど気持ちが通じたような瞬間だった。

その五日後、平成十八年八月二十三日、偉大な義父山中幸次郎は少年時代からの、〝人々が夢と希望を持てる郷里にする〟という目標を彼なりに達成し、納得して静かに息を引きとったのである。最期まで老妻の行く末を案じ、会社の安泰を念じていた。人は誰しも人生の中で、大事な人の死に直面し悲しい別れを迎える。しかし、その人を思い慕い続けることによって、逝った人はいつまでも自分の心の中で生き続けると考えられる気がした。龍彦は、岳父であると共に人生の師であった山中幸次郎を生涯忘れず思い続けることを心に刻んでいた。

（六）　甦る灯火

龍彦が、社長として亡き山中幸次郎会長と共に経営に当たった年月は都合十一年と半年に及んだ。しかし、本当の意味で全責任を任されてからとなると、経営危機に陥る寸前のことからであり、約五年に過ぎなかった。それまで龍彦が知る限りにおいて、会長はメモを取ることが殆ど無く、それだけ記憶力も抜群なためだろうと思いこんでいた。たまに、重要な予定に限って、会長席の後ろのカレンダーに走り書きをしているのを見ることくらいのものだった。

平成二十年七月、命日より一カ月早く、義父の三回忌の法要を身内の親族十四名で相済ませた。三回忌を済ませると、二年前まで幸次郎と比佐子が二人住まいをしていた大宮田の旧宅を整理清掃する仕事が待っていた。比佐子が、名義上の社長になっていた子会社の負債の保証人になっていたことから、旧宅を手放して銀行に返済しなければならなくなったのである。

龍彦と由実子と、僅かな手勢で断続的に約三週間掛けて家中の物品を整理した。親族への形見分けとして差し上げる物、処分する物、そして、二年前から比佐子が暮らしている龍彦の家に運ぶ物へと分類して運び出した。四十年の間、物を捨てる習慣がなく夥しい量の物が溢れ返っていた。中でも、仏教に関する書籍は三〇〇〇点に及んでいたため、書斎を整理するのは時間を要した。義父が読破した仏書のうち二〇〇〇点以上を、菩提寺である長尊寺の現在の住職に相談して贈呈し、本堂の脇に山中幸次郎文庫として書棚に整理して、永く檀家の方々に読んでもらうことにした。また、一部を自宅に運んだほかは親族、知人のうちで興味のある人に差し上げた。

書斎の整理が進んだある日、本棚の抽斗から、幸次郎の手帳が六十三冊出てきた。会長はメモを取らない人と、思いこんできた龍彦は驚いた。そこには六十三年に及ぶ日常の出来事が細かく書き留めてあり、三十五年もの間知ることのなかった義父の一面を初めて知る思いがした。更に、同じ抽斗から、表紙に『つれづれ日誌』と書いてある大学ノートが三冊出てきた。義母と妻に読ませたところ龍彦にも読んで欲しいということになった。故人のプライバシーに触れるように思えて龍彦はあまり気乗りがしなかった。書き出しは、昭和五十二年の年頭からであり、最終章は平成十八年四月十八日までだったが、最後の記述は白い封筒に入れて便せん十三枚に書かれてノートの裏表紙にひっそりと挟んであった。

『つれづれ日誌』

（まえがき）

山中幸次郎

『今日は、昭和五十二年三月一日である。今までずいぶん長い間、自分が六十年の人生の中で考えたことや人に話したりした事柄を記録に留めておくことが必要であると考えてきたが、実行できないまま今日に至ってしまったわけである。ロータリーの例会の帰りにこのノートを買い求め、今後いろいろなことを折に触れ、時に応じて書き留めておくつもりである。できれば、この日誌が積もり積もって一冊の本にでもなる時期が来たら又愉しいのではないかなどと思いを巡らせて筆をとった次第である』

このまえがきの後の本文は『反省』から始まっていた。それまでの人生における思い出が幸次郎らしく反省しながら感謝をこめて書かれていた。その後は両親、家族、事業で助けられたことなど森羅万象を題材にした自由文が、ほのぼのとした表現で週に一～二回の割合で記されていた。龍彦が読んでいる内に寛容な人柄と笑顔が浮かんでくるような内容だった。高齢になってからは二人の孫の成長を喜ぶ好々爺の顔を素直に著していた。歳月に合わせるかのように文面が仏の教えや経典の話中心に変わっていた。人生の中で何度も助けられた親友が老いて鬱病になった寂しさも経文と共に書かれていた。山中幸次郎のつれづれ日誌はこうして穏やかに晩節を語るような言葉で進んでいた。が、その中に三カ所、女婿藤原龍彦の事業破綻と再生に関わる衝撃の記述が見つかったのである。

（その一）『娘の連れ合いの破綻』　（昭和五十二年七月二十九日）

『ある日突然、百億円近い負債があると言う。しかもその中には、高利の不良負債が数億円もあるという難問題を相談された。勿論、自分にはそれを解決するだけの力はあるはずもない。その中の一部でも解決してやりたいと思い、銀行その他に努力してみたが、結果的には、手を引かざるを得ない状況だ。弁護士を派遣し、公認会計士や、税理士を送り込み、知恵と力の及ぶ限りやってみたが、共倒れするか、再建の時に力を貸すか、この結論に至る以前の十日ほどはろくに寝ないで考えつくした。

なぜ、こんなことになってしまったのか。なぜ、そこまで至る前に、もう少し早く、相談できなかったのか悔やまれる。いつの日か、笑える日が来ることを信じて、その日のためにできることを、今から考えるしかない』

龍彦の事業破綻の苦悩をこうして短い文章で記述して、この日から五年間にわたり絶筆となっていた。五ページが白紙であることが、状況が落ち着いて好転する迄の間、苦渋の沈黙をまもったであろうことを表していた。五年後、日誌が再開されていた。

（その二）『五年ぶりに』　　　　（昭和五十七年四月一日）

『あれから、五年が経過した。

娘の連れ合いの会社も上向きになっている。

経営改善委員会で毎月一度報告を聴いていると、ナイスカントリーは、あの破綻によって悪いところを全てさらけ出し、膿を出して人も会社も生まれ変わったように生き生きしている。

再建がスタートした昭和五十三年五月から毎月利益を出して旧債務を予定通りに返済している。五年前には、もっと最悪のことを覚悟したが、いつの間にか心配の種をどんどんクリアしている。このまま順調に進んで貰いたい。このまま行けば、寧ろ、同業者の立場で私が見習わなければならないことが、たくさん出てくるように感じている』

ここには、女婿とナイスカントリークラブの再起の様子が書かれていた。それから四カ月間の文章には、仏様の教え、孫のこと、川龍和尚、永平寺禅師様、旧友、仏壇、修証義、輪廻転生、六道輪廻、妻と虚空菩薩等々、お経と自分の関わりについて以前にも増して穏やかに深い思いが書かれていた。

同じ年の晩秋には藤原家の三回忌に招かれた時のことが記述されていた。藤原兄弟の会社が破綻して以来考え続けてきて自ら女婿の実父、亡き佳正の霊前に約束したことを行供養として実行する、ある決意を滲ませていた。

(その三)『藤原家三回忌に招かれて』 (同年十一月二十一日)

『親が死んだら三回忌までに供養をすべきだと言われている。

それだから、藤原家でも先祖代々の五輪塔を建てたのだろう。亡くなった父親と、生きている母親の法名が石碑に彫られて立派な墓石ができあがった。

二年前の十一月九日、私達夫婦にとって二人しかいない孫の七五三のお祝いに招かれて上京した。龍彦さんの両親も健康に心配があるのに来てくれた。

藤原家の両親には九人の孫がいるそうだ。その中の二人は私達の掛け替えのない孫でもある。その折、藤原のご両親に、ナイスカントリーはもう大丈夫ですよ、と話すと、とても喜んでもらえた。私には為すべきことがあると、あの破綻の時以来、今でも考えていることがある。

孫達の七五三の祝いから二週間後、藤原の父親は帰らぬ人になった。利供養、敬供養、行供養。私が心に決めている最後の行供養は、これから本当にやるつもりだ。』

「行供養」、ここで幸次郎が言っているこの言葉が何を意味しているのか龍彦には俄かには読み取れなかった。しかし、明らかにナイスカントリーグループ破綻の直接の引き金となった社長就任要請拒絶に代わる自分にしかできない行為を示していることが分かってきた。更に繰り返し読んでいるうちに、はっとした。あの破綻以来考えていたことを、実父佳正の三回忌に合わせて自分が心に決めている行供養と表現していたことだ。ひょっとすると、義父がナイスカントリーの倒産以来心に決めていたこととは、いつの日か、龍彦を興北リゾートの社長にすることだったのではないかというところに行きついた。そう思いついて読んでみるとぴったり当てはまったのだ。ナイスの危機の際、一度引き受けた社長就任でゴルフ場を助けていれば、藤原工業は自主再建ができて藤原家の再興が見えてくる筈だった。しかし、自らの苦渋の決断で就任を拒絶した。奈落に沈んだ女婿兄弟に、いや、それ以上に実家の両親に将来真意を分かってもらうために決意していたと思えることが伝わってきたのだ。龍彦は、義父が自分を癌と思い込み、無理に龍彦を社長にしようとしたとばかり思いこんでいたことを恥じた。こみあげて来る熱い思いに流れる涙を振り払うことすらできなかった。

この文章の後、ノートの残りのページは空白だった。しかし、龍彦は見落としそうな裏表紙に挟まれた白い封筒を見付けた。そこには、由実子の舅、藤原佳正の三回忌から二十二年余が経過した日の記述が便せん十三枚に残されていた。山中幸次郎晩節の思いがつづられていたのである。時に平成十七年四月十八日、山中幸次郎満八十八歳の誕生日に書かれたものだった。

一度目の空白は、昭和五十二年の龍彦の事業破綻からの五年間であり、二度目は、龍彦の実父が亡くなって三回忌を迎えた日から実に二十二年と五カ月の年月が過ぎていた。龍彦はこの時空が何を意味するのか、敢えて便せんに書いて宛名のない手紙のように封筒に残した岳父の文章を繰り返し読んでみた。すると、幸次郎が龍彦に伝えたい気持ちが切ないほどに伝わってきたのである。

（最終章）『米寿を迎えて』　（平成十八年四月十八日）

『今日で満八十八歳になった。来週の日曜日にはホテル興北で八十七歳の家内と共に、米寿を祝って貰うことになっている。半年も前から、龍彦さんが綿密に計画を立てていたことを承知している。表向きの主催は、永年の懇意である町長、元町長、ゴルフ協会会長に頼んで引き受けてもらったのだが、計画から実行までの全てを彼が一人でやり通してくれたことに感謝している。

彼の用意周到さは想像もできないほどで、その根源は、人間愛と持ち前の優しさから来ているとつくづく思い知らされたのは、実はまだつい最近のことだ。

私は、平成六年暮れの頃、自分を癌だと思いこみ翌年二月に龍彦さんにむりやり社長を引き受けさせた。しかし、龍彦さんを我が社の後継者として社長にしたことは、彼の会社が破綻し、後見として私に社長就任の要請があった時に遡る。

共倒れになるわけにはいかないという理由で私が社長就任を辞退した時から考えていたことがあったのだ。彼の実父が亡くなった時、「貴方の次男をいずれ私の後継者にします」と、霊前に約束した。ところが、こちらの心配をよそに、彼の会社はその後、信じられないほどの勢いで再生し、僅か八年で旧債務を完済してしまった。しかも、それが単に運が良かったとか、銀行や債権者の協力のおかげとかいうことでなく、あの悲惨な状況から兄弟が力を合わせて、最新のゴルフ場経営のノウハウを築いたからと言っても過言ではない。

これについても、私は恥ずかしながらつい最近まで、あの再生は担当の弁護士や茨城パシフィック銀行の出向社員が優秀だったからだと思いこんでいた。まさかあの大型の破綻をした当事者が、自らを変えて会社再生を実現したなどとは思いもつかなかったのである。

再生後、破竹の勢いで発展するナイスカントリーグループであったが、私の興北リゾートグループも負けずに躍進を続けた。

私が藤原兄弟の父親の霊前において、次男である龍彦さんを後継者にする約束をしたのは、自分が社長就任を断腸の思いで辞退したことの代償みたいなものだったのかもしれない。しかし、その必要がなくなるほど、ナイスカントリーグループの繁栄は凄まじく、その上彼は、私には経験のないどん底を這いずり回ったことによる慎重さと堅実さを身に付けていたのだ。そして、我が社と、再生してからの龍彦さん兄弟の会社との差が明確に出てきたのは、バブルが崩壊してから二年後、即ち私が自分を癌だと思いこんで、なりふり構わず龍彦さんに社長就任を頼んだその数年前から始まっていたのである。

私は、癌ではないことが分かって復帰し、会長として龍彦さんと二人で役割分担して会社を経営してきた。ゴルフ場では、会員権と資金運用を私と経理部長が担当し、社長はコース、営業、社員教育を中心に担当して貰うことにした。ホテルは、社員教育と設備の改修を社長が担当し、それ以外を私と女将が担当した。そして、温泉センターは私が全般を引き受けることにしていた。それだけ、興北温泉センターへの私自身の思い入れが強かったのだ。但し、社長には途中からやっかいな仕事である東進グループの業務の再建と債務整理と資産売却などを担当してもらった。

今、振り返ってみると、この十年余り、私は龍彦さんを、と言うより彼のやり方を誤解していたし、不満なところも多々あった。会員権の考え方の違い、社員教育の厳しさ（これについては必要なことが徐々に分かってきたのだが）、リストラ（給与や退職金の度重なるダウン、外注していたコース管理と清掃を直営に切り替えたことなど）、私が起こした事業の閉鎖（東京ＩＴサービス、興北陶芸館、焼肉福王、レストランアピアなど）、イベントの中止（社員旅行、男子プロトーナメント、北関東水泳選手権）等々枚挙に暇がなかった。中でも最も不信感を強くしたのは、弟の新次の東進グループを救済のためとはいえ、全ての事業資産を取り上げ解体整理してしまったことと、もう一つは永年私を支えて勤めてきた古くからいる従業員を余り登用しないことの二つだった。

ところが、僅か五～六年のうちに近隣のゴルフ場においても、県内何処を見ても、又全国的にもゴルフ場の六割以上が何らかの形で破綻してしまい、我が興北リゾートグループも例外ではなくなってきたのだ。償還を無理して続ければ資金破綻、うかつに停止すれば取り立て騒ぎで同じ結果になる恐れがある。高を括り、毎年暮れの納会では、「来年には必ず好景気がやってくる」と、訓辞していたが、そのパターンはもはや通用しなくなり愕然とする思いだった。この両三年は、これまでの四十年間、私の事業の根幹を為してきた会員権が価値を失い、どうやっても売れず、無理矢理業者や知り合いに頼むしかなくなっている。償還資金の借入金も限度を超えてしまった。東進グループから引き受けた事業と不動産の価値は私の目論見の二十分の一もないことが分かってきた。つまり、進むも地獄、退くのも地獄、止まることも許されない絶体絶命のところに来ていたことを唯一人、私だけが認識していなかったのである。

その時、平成十五年秋には、龍彦さんは背水の陣を敷いて英断を下し、主要銀行の茨城パシフィック銀行の大山頭取に相談して、特別支援と共に人的支援、更に経営改善委員会を設立して再生のノウハウを提供してもらうことに成功した。そして、翌々年の二月、彼は自分が三〇年間社長を務めたナイスカントリーグループを辞してオーナーとしての地位を降りてしまった。しかも、そこで得た収入の全てを惜しげもなく我が社の再生に注ぎ込んでくれたのである。この十年余り、愚痴も言わず我が社の真の後継者として再生の火中に飛び込み、私の子飼いの側近からは疎まれたり批判されたりしながら、今日現在も尚、彼はひたすら私の後始末をやり通している。その昔、「共倒れになるわけにいかない」と、彼を助けてあげられなかった私を助けるためにだ。

私は昔からよく運が強いと言われてきた。自分でも、神仏と多くの人々に対する感謝の念を込めて「運が良い」という気持ちが強くあった。しかし、今日八十八歳になり、ようやく分かった真実がある。私の人生で最も強運で幸運だったことは、煎じ詰めれば家内の比佐子に出会ったことによって一人っ子の由実子を授かったことだったのではないかと考えるようになった。そして、その結果、龍彦さんとの出会いがあり今日の私がこうしていられるのだと分かったのである。龍彦さんは、

「いる人を生かせ、ある物を活かせ」と、常に先頭に立って率先垂範を絵に描いたような人だ。私の知る限り、休むこともなく病に伏せることも一度もなく常に会社再生を念頭におき、旧い新しいとか、老若男女の分け隔てなく全ての人から持てる能力と可能性を引き出しこれを活かすことに全能を傾けている。遅すぎたかも知れないが、これまでの誤解から生じた不信を心から詫びる次第だ。

平成十三年に、弟の新次を常務から外した時、龍彦さんは、

「新次さんはこれだけ会長と会社に迷惑を掛けているのに、毎週二回ゴルフをしていると本人から聞きました。私も好きなゴルフを止めますから新次さんも止めさせてください。役員を降りても自分のやって来たことを人に押しつけて平気でいるようではこれから先、この大失敗の教訓が何一つ活かされないでしょう。私は、彼の事業を引き継ぐのでなく、会長の事業として東進の解体整理を引き受けるのです。ラブホテルだろうと居酒屋だろうと、未知の商いでも泊まり込みで修業に行き、経営を身体で覚えていつか黒字にして、売却可能にしてみせます」と、私に宣言し、その通りに実行したのだった。そして、整理が

進んだ先日、初めて私にこんな言い方で本音とも取れることを話した。

「お義父さん、世の中には稀に、自分のやりたいことを全てやり、欲しい物を全て手に入れる、そのくせその人には守護神みたいな人がいて、失敗をしても常に助けてくれるので失敗とかどん底を経験しないまま人生を送る人がいます。そういう星の下に生まれている人をほんの二～三人知っています。でも、その人達は幸せかと言うと、疑問です。私は昔、自分の失敗でどん底に沈みました。あの時、お義父さんの苦渋の決断が私達兄弟を育ててくれたのです。あのことがあって、ここで役に立つ今の自分があるのです。これまでの全てのことが偶然でなく必然の結果に思えます。だから私は今ここにいるのです」と、笑って話してくれた。


今日は、来週の米寿を祝う会の打ち合わせがあった。それが終わって、いつものように龍彦さんと二人でクラブハウスの三階レストランで食事をした時だ。

「お義父さん、お義母さんと一緒に卒寿を迎えましょう。私はそれまでに必ず会社を良い方向に持って行きます。私はこれまでに二度のどん底に遭遇しましたが、一度も諦めたことがありません。亡き父から受け継いだ力です。その力と道央の力を合わせて苦況に立ち向かうことができて幸せだと思います。これからもどういう状況におかれても諦めることなく希望の灯火《ひ》を点し続けて行きます」と、今日も笑顔で話してくれた。

私は、いつまで生きられるか分からないし、病弱の比佐子のことも心配だ。しかし、龍彦さんからもらった希望の灯火《ひ》を持ち続け二年後の卒寿を迎えようと心に誓ったのである。どうしても書いておきたいことを、書いておきたい時に断続的に記してきたこのつれづれ日誌だが、中でも最も書き残したかった本書をもって完結とする。感謝』。


幸次郎が残した文章は誰に読ませるためのものでなく、自分の思いをつれづれに書いたことがうかがえた。それが神仏の導きによってこうして真実を最も伝えたい人に伝えることができたのだった。

幸次郎が旅立って四年が経過した。平成二十三年を次ぐ日に控えた大晦日に雪が降った。大晦日から元旦にかけての雪は通算三十六年に及ぶゴルフ場社長の龍彦にとって初めての経験だった。大晦日と元日は従業員を休ませ、幹部社員が交代でセルフプレー営業をすることが恒例になっていた。この日は少人数でグリーン上の雪を運び出し、フェアウェイは龍彦が永年改良してきたチェーンブロックによる圧雪で芝の色合いが見えてきて、ようやく十時スタートでオープンすることができた。元日の除雪は十五人の従業員と共に汗を流して午前中で終わった。

「お疲れ様でした」と、作業後クラブハウスで総支配人の道央が龍彦に声を掛けてきた。

龍彦は社長室に道央を呼んでドアを閉めた。

「元日早々だが大事なことを伝える」

父の表情と話す言葉はどこまでも穏やかだった。

しかし、道央には、その一言で父の重大な決意が伝わってきた。無言でうなずいて、父の言葉の続きを待った。

「総支配人は察していると思うがこれまで茨城パシフィック銀行に私的再生を相談して検討を続けてきたが、金利と弁済棚上げをこれ以上継続して貰うのは難しくなった」

「社長、前頭取の大山会長のご意向はどうなんですか？」

「うん、年末にも電話で話をすることができた。大山会長はうちの山中会長と三十年来昵懇の間柄だったから会長亡き後も特に配慮して特別支援を促進して下さった。我々はこの恩を忘れてはならない」

「経営改善委員会を立ち上げられたのも大山会長のおかげと聞いています。ありがたいことですね。それで、再生の方法について大山会長はどのようにお考えなのでしょう」

「経営危機に陥って私が全責任を任された時、大山会長は当時頭取に就任した直後だったが経営改善委員会設立から金利減免そしてその後の弁済棚上げまで全ての面で我が社の再生に繋がる支援をして下さった。大詰めとなる今度も大山会長は親身になって考えて下さった上で内々に電話をくれたのだ」と、道央を諭すように話した。

「大山会長から、これまでの私的再生案では公平と透明性を重視すると難しい面が残ると指摘された。その上で改めて民事再生を勧めてきた」と、龍彦は結論を明解に示した。

「法的再生は今までの私的再生案とどこが一番違うのですか?」と、何度も聞いて分かっていることだが確認する会話に変えてきた。

「銀行の借入金債務と会員預託金債務は再生案が賛成過半数で認可されれば弁済可能の額に圧縮される見込みだと小山弁護士が説明してくれた。ただ、違うのは法的再生では一般取引先の買掛金も同様に再生債権になり、後日配当することになるというところだ。つまり、一カ月分か二カ月分の買掛金や未払い金が同率で配当されることになるのでその分を迷惑掛けることになる」

「しかし父さん、それを除けば法的再生の方が安全で再生の可能性も高いわけだね。以前から話しているように、俺も自主再生を貫いていつか恩返しするためには民事再生申立を選択するべきだと思う。取引先にも事情を説明して健全経営になって長い取引が可能になれば今度のことで一時迷惑を掛けても直ぐに恩返しができるよ、きっと」と、いつか父子の会話になり、道央は今までの持論に自信を込めて言い切った。

「よし、分かった。道央の言う通りだ」と、息子と考えが一致したことで父は決断した。

息子との真剣な協議はこれまで三年の間、ことある毎に繰り返されてきた。父の龍彦自身が幼い頃から亡父佳正に教えられた父と子のコミュニケーションを受け継いでいたことにほかならない。その晩、家で妻の由実子に二人で出した方針を説明したところ、

「お父様もお母様もきっと納得してくれるわ。私は龍彦さんのすることを心の底から信じているから道央と決めた通りにして下さい」と、明るく応えた。義母の比佐子は既に前年の春、満開の桜に看取られるように九十一歳で夫の待つ天国に旅立っていた。

新年早々、大急ぎで準備し二月半ばを過ぎたこの日、興北リゾートゴルフクラブは民事再生手続申立をして再生がスタートしたのである。

ナイスカントリークラブが破綻した時と同様に、興北リゾートも当初、私的再生案を目

指し纏まりかけたことがあった。それがきっかけとなり金融機関の協調支援で元本弁済と金利の棚上げが三年に及んだ。そのチャンスに合わせて龍彦は、それまでの基本方針を変更し償還を全面的停止にした。この二つが興北リゾートにコースと食事と接客サービスを著しくレベルアップする時間とチャンスをもたらした。しかし、これは暫定的なチャンスに過ぎなかった。そして、この時、龍彦は亡き橋本弁護士の金言を守り、幸次郎が永眠してから静かに民事再生を決断するに至ったのである。

龍彦父子は民事再生申立の朝、パート、アルバイトに至るまで全従業員を集めて有るがままを説明した。経営危機の際に大リストラに踏み切り経営改善計画をスタートしてから七年にわたって従業員に可能な限り直接語りかけてきたのである。この日の申立説明会は弁護士四名が同席して開催されたが、異例な明るさと前向きさが満ち溢れていた。

「今まで何度も話してきたように、基本的には借入金と会員権預託金との膨大な債務を法律の力を借りて弁済可能な額まで圧縮して頂く再生案を上程し、債権者に賛否を問うことになります。賛成多数でこれが認可されればこれまでと打って変わって希望を実現できる会社に生まれ変わることになります。これは終わりでなく始まりです。元に戻るのでなく新生の船出です」と、社長の龍彦が自信を漂わせて話した。聞いている従業員も下を向いている者は誰一人いない。代わって小山弁護士が今後の再生スケジュールを説明してから語りかけた。

「裁判所は法律に基づいて再生に必要な保全をしてくれますが、日常のサービス業務を手伝ってくれるわけではありません。これほど明るい皆さんですから安心して提案したいことがあります。今までにもハイレベルのサービスを提供してきたはずですから二倍頑張れとは言いません。しかし、一割増なら誰でも可能なはずです。一割増の笑顔とサービスで業績を一割アップして下さい。それが再生への一番の近道です」と笑顔で説明を終えると従業員は目を輝かしていた。

　翌日の地元紙経済面に「興北リゾート自主再生へ」という見出しで自主再生の方針が掲載された。五日後には取引業者と会員権預託金債権者説明会が開かれたが、取引債権者の殆どが取引継続して協力する意向を示し、預託金の方では激励する会員の声しか聞かれなかった。終わってから小山弁護士が、

「従業員説明会といい、債権者説明会といい、今までに見たことのないケースで驚きました。現社長に対する批判は全く無くて寧ろ現体制で継続することを歓迎しています。この

再生は異例の大躍進に繋がるかも知れない。でも、まだこれからです。気を引き締めて行きましょう」と、弁護士らしく引き締めたが表情には自信が溢れていた。
順調すぎると感じるほどの経過だった。しかし運命は、これまでがそうだったように、幸運のまま二度目の試練を通過させるほど甘くはなかった。

民事再生申立から間もなく一カ月になろうとしていた三月十一日午後二時四十六分、大宮田町から五十キロメートルたらずの宮城県沖を中心とした南北約五百キロ、東西約二百キロに及ぶ震源域でマグニチュード九、最大震度七強の巨大地震が発生したのだ。龍彦は総支配人の道央と共に興北リゾートホテルで会議をしていてこの地震に遭遇した。その最中、ゴーという不気味な地鳴りが何度も身体を突き抜けるように響いていた。全ての建物がガタガタ、ギシギシと今にも倒れそうに揺れ続け震えていた。女子従業員は立っていられなくなり、急いで外に出て広い駐車場の中央で支え合いながら恐怖に声をあげることもできずにうずくまり怯えていたが、幸い来客予定の客は到着前だった。樹木の悲鳴か山々の絶叫なのか、聞いたことのない大音響が助けを求めているように響いていた。電話は通じないし停電で情報が全く入らない。強い余震が続く中で車のラジオで情報を得ることを思いつくまでにかなりの時間が経過していた。気付いてスイッチを入れると、ようやく聞こえてきたカーラジオから流れたアナウンサーの声は緊張と興奮のせいか、やや高い声で次々に分かってくる惨状を早口で伝えている。そして、震源に近い地域の住民と関係者に繰り返し避難を促していた。かつて無いほどの巨大地震に引き起こされた巨大津波が発生し、内陸深く浸水しようとしている様が報じられていた。

この巨大地震は観測史上最大にして、後に一〇〇〇年に一度と解析された。大正十二年に亡父佳正が体験した関東大震災と比較してその規模は約四十五倍と報じられた。津波は最大遡上高が四十メートルを超えて悪魔のように押し寄せ、東北と関東地方の太平洋沿岸に壊滅的な被害をもたらした。二万人余りの命とともにそこで人間が築いてきた全てを飲み込んだほか、さらに福島第一原子力発電所を破壊し、そこから流出した大量の放射性物質が世界中を恐怖に巻き込んでいったのである。

大宮田町は隣接する一市二町を加えると一〇〇〇棟以上が倒壊し、半倒壊を含めるとその数は三〇〇〇棟に及んでいた。興北リゾートグループの被害も甚大で、高台にあるホテルでは土砂崩れや道路の陥没、給排水配管破損、シャンデリアを始め照明器具の落下、ロビーや客室の大きいガラスの破損などが報告された。ホテル大ホールに隣接する別館が半倒壊したと走ってきた従業員から報告された。増設したパントリー棟は全倒壊してしまった。隣接する日帰り温浴施設本館ロビー棟と大浴場も天井と外壁が崩落したことが分かってきた。その際、逃げまどう温泉入浴客の内三名が落ちて来た天井の金具が頭にあたり軽傷を負ったが、それ以外に死傷者が出なかったのは不幸中の幸いと言えた。龍彦は余震の間合いが長くなったのを見定めて行動を開始した。男子社員に全室の点検をさせたうえで余震が収まり次第、館内の片付けを開始するよう命じた。割れたガラスの片付けと交換用ガラスの手配を急がせた。この分では建設資材の入荷が当分難しくなると予想したのだ。幸い営繕従業員の中に元大工が三名いた。さらに元電気工事業者だった一名を加えて駐車場に集めた。

「この地震の復旧復興は容易なことではない。君達は余震が弱くなったらホームセンターに行き、被害箇所を修繕するために使えそうな材料を出来るだけ購入して、明日から片付け班と並行して二週間以内に営業再開できるところまで改修を急いでくれ。おそらく出入り業者は呼んでも当分来られないとみるべきだ。見苦しいところを隠してお客様を迎えられるところまで何としても改修努力してくれ」

「ハイ、分かりました。天井、壁、床、ガラス、クロスの修繕については私達がどうにかします」

その直後、又しても震度五から六以上と思われる余震がきて女子従業員が座り込んで悲鳴をあげたその時だった。見回りしてきたホテル支配人と営繕主任が叫ぶように、

「社長、温泉センターの源泉は、建屋が傾き崩壊寸前のところで食い止めることができました。まだ、余震が続くと思いますので、サポートの役に立つと思える物は全て集めて崩落を防ぎます」と、周囲にいた従業員に安心が伝わるように大きな声で報告した。

「よし、すぐ行く」と、龍彦と道央が源泉に向かい、近所の鉄工屋に支配人を派遣し、大至急で傾いた建屋の鉄骨部分を外側から囲むようにする工事を依頼した。しかし、鉄骨とブロック積みで造られ、ポンプの設置や交換時にクレーンで上げ下げ出来るように、中央に穴の開いた重いコンクリート製の屋根が乗った構造だった源泉建屋は、何時倒壊してもおかしくないほど傾いていた。鉄骨の補強が出来るまでどうやって倒壊を防ぎきるか、それが問題だった。答えは龍彦の頭にすぐ閃いた。もう一度、待避場所に全従業員を集めた。

「興北リゾートホテルの一番の財産は北関東随一の名湯と評されている源泉です。その建屋が今、倒壊の危機に瀕している。万一、倒壊すると復旧に一年以上と莫大な資金を必要とします。ホテルの再生が大幅に遅れてしまう。皆さんの家か知り合いのところに、鉄で

も丸太でも何でもいい、建屋を支えるサポートに使えそうな資材があったら教えてください。今すぐ、営繕係が一緒に行きますのでそれを貸してください。一刻を争います」と、必死に訴えた。すると、

「うちのお父さんが後藤土建に勤めていて資材置き場にサポートがあると言っていました。電話が通じないので私が案内します」と、厨房の調理補助の鈴木が反応した。直ぐ近くの農家からパートとしてきている高橋という女性は、

「主人が土木工事の下請けをしていて角材が沢山ありますから家からトラクターで持ってきます」と言うと、余震で揺れている中を走りだした。

「高橋さんをヘルプしてきます」と、男性社員が後を追った。三十分ほどして、五十本を超えるサポートが集まると、先ほどまで待避場で余震におびえていた女子社員達が手伝って、見る見る内に傾いた源泉建屋はサポートに支えられ安定感に包まれたのである。それを見届けた龍彦と道央は次ぐ日からのホテル復旧計画の指示を終えると直ぐに本社ゴルフ場に向かった。車中から見えてくる光景はこれまでと一変していた。多数の電柱が倒れかかり信号まで停止したままだ。屋根が崩落したり倒壊した建物が悲惨さを物語っていた。舗装道路は波打っていてよけながらゆっくり走るのが精いっぱいだった。走れなくなった

車を乗り捨てて歩いている人も大勢いる。すれ違う人々は恐怖に顔をゆがめ家路を急いでいた。この時、龍彦は子どもの頃に父から何度も聞いた関東大震災の大火災による地獄絵図のような状況を思い起こしていた。次いでナイスカントリークラブと藤原工業が倒産した時のことが鮮やかに甦ったのである。

（あの時、俺達は金銭や財産、名誉も役職など、全てのこだわりや煩悩から解放されていた。そして、健康な命さえあればいい、必ず立ち直るチャンスがあるはずだと考えていた。今はあの時と同じだ）と、心で繰り返してから道央に語りかけた。

「ひょっとするとクラブハウスが倒壊しているかもしれない。コースがズタズタに分断されているかもしれない。覚悟しておきなさい。もしも、幸いにしてお客様や従業員に死傷者さえいなければ後は何があっても取り戻せる。いいな」いつも明るく穏やかな龍彦が覚悟を決めて、息子に鬼のような厳しい顔で念を押してゴルフ場に入って行った。

見えてくるコースとグリーンは遠目には美しく、いつものように二人を優しく迎えているように見えた。しかし、クラブハウスは増設したB棟が少し傾いていた。建物の中は殆どの備品や調度品、棚などが倒れ、間仕切りや天井が落ちて散乱し、手が付けられない状態だった。女性を中心に半数ほどの従業員が駐車場の安全な場所に待避し、不安そうに龍彦を待っていた。龍彦は、いつもの表情を取り戻していた。

会議室、コンペルーム、プロゴルファー控室などがあるB棟と、第二ロッジは大きくクラックが入り歪んでいるように見えた、車から降りた龍彦は駐車場中央に集合していた従業員達に向かって歩いて行った。

「負傷者はいるか？　お客様は無事帰途についたか？　従業員は？」

歩きながら矢継ぎ早の質問にゴルフ場支配人が合わせるように早口で答えた。

「幸い、お客様は全員無事にお帰りになり、従業員にも怪我はありません。社長、総支配人もご無事のようで何よりです。コース課の者は全員手分けして被害箇所の点検と直ぐできる片付けを始めています。オープンに向けて停電の解消と水の確保です」

「そうか、それは良かった」と、応えた先に、座り込んで待機していた従業員が立ち上がって龍彦と道央を迎えた。龍彦は従業員が安心できる表情と言葉で少し笑みを浮かべて話し始めた。

「私達は健康な命さえあれば希望がある。みんなで築いてきた人間力とチーム力がある。降雪の日にどこよりも早くオープンしてきた興北リゾートだ。民事再生申立以降もみんなで乗り越えて来た。この大震災も必ず乗り切ってチャンスに繋げて行こう」

ゴルフ場の被害は、コース内の土砂崩れ、道路陥没、給排水配管設備や構造物破損が百五十カ所を超えていた。クラブハウスB棟は解体を余儀なくされて使用禁止にした。エアコンや設備機械が破損し、至る所で機器や什器備品が損壊してさながら戦場のような状態に陥っていた。だれもが絶望的な悲歎にくれてもおかしくない最悪と思われるこの状況にも拘わらず龍彦は、亡父佳正が大震災の地獄絵図のような惨状から立ちあがり、その後の人生を開くチャンスとしたように、自らも瓦礫の中から立ち上がり、この不幸を最大のチャンスにすることを従業員に示したのである。その後も、余震と呼ぶにはあまりに大き過ぎる揺れが続く中で一カ月後、ホテルは建屋の鉄骨補強を終えた源泉が復旧し、営業を再開した。放射能の風評被害で客数は三割程度にとどまっていたが、かろうじて倒壊を免れた離れの湯の露天風呂を被災者優先にして日帰り温泉として再開して喜ばれた。ゴルフ場は電気が回復した翌日から十八ホールをオープンしたが、ガソリン給油が間に合わず客数は連日十名から三十名程度にすぎなかった。それでも従業員は皆大震災以前にもまして笑顔で前向きにお客様に満足を届けていた。何よりも一足先に従業員の気持ちが復興していたのである。

震災から半年が過ぎた十月、興北リゾート株式会社の民事再生案が圧倒的な賛成多数で可決し同日認可され、その後確定した。民事再生は慣例として再生案認可から三年で再生を完了することを前提にしていた。民事再生と大震災によって、かつて興北リゾートグループの根幹を為していた総資産一二五億円は、僅か五億円にまで激減した。そして、総負債もそれに見合う弁済可能金額に圧縮されたのだった。売上はバブル期の十分の一以下になったため、全てがコンパクトに生まれ変わらなければ成り立たなくなっていた。それでも会員権の持つ不可思議なバブル経済から脱出できたかのように爽やかだった。

（肥大化した負債が弁済可能にまで圧縮された。これからは、いよいよ自力で安定経営を実現しなければならない）と、龍彦は長い間張り詰めていた両肩の力がふっと抜けたような気がした。しかし、この自主再生という大仕事は、スポンサーや外部からの資本投資も当てにしないため、いつ完成するか本当のところ誰にも分からない面がある。龍彦は、興北リゾートグループの再生に携わることが出来たことで生前、師と仰いでいた義父と心の底から向き合うことができたと考えていた。そして、民事再生中という難しい状況で大震災を経験し、改めて行く道の厳しさと共に〝生きている限り希望がある〟という真実にも触れたように感じていた。

龍彦は既に六十五歳になっていた。

この十年の間には夜中に目が覚めて考え込むことも数え切れないほどだった。このまま生きて行くことへの不安と今自分が進めていることの正否を自問して全神経が覚醒し高揚したことも度々だった。すると、そういう時には決まって、これまで自分を支え正しい道を示してくれた彼《か》の人々の生きた言葉が甦り、心を落ち着けて自分のやるべきことに集中するところまで導いてくれた。今は亡き父母と義父母、支援者や師と仰ぐ人々の声と生きた言葉によって迷いや不安から立ち直ることができたのである。会社の自主再生完遂迄にはこれから更に五年か十年の年月を要するかも知れない。この間に、もっと大きな変化が起きるかもしれない。恐らく昔と同様に経営責任により役員を外れることになるだろう。しかし、人生の秋に吹く金風は、まるで人間の煩悩を木の葉のように散らせてくれるかのように吹いていていた。

長女の美里は東京で結婚して十三年が過ぎても子宝に恵まれていなかった。ところが、再生がスタートして間もなく男の子を授かったのである。名を周磨という。龍彦と由実子にとって掛け替えのない宝を贈られた思いだった。さらにそれから二年半後、民事再生終結が翌年に実現する見通しがついた頃、二人目の孫、友仁が誕生したのである。

　そして、龍彦の深い思いの中に生き続けている彼の人々は、それ以降も晩節の龍彦に金風に乗せて生きた遺言で語りかけてくれた。

夫婦にて候

めおとにてそうろう

（一）

旧・下野国安蘇郡《あそごおり》小中村の東端に万葉歌人柿本人麻呂を祀る人丸神社がある。

『志もつけの安蘇野の原の朝あけにもやかけわたるつづら草かな』

人麻呂が古えにこの地に遊びにきて詠ったと言われる情景を再現するように、早春から初夏の明け方には、本殿を囲むようにして佇む湧泉池の水面から立ちこめる蒸気が靄《もや》となって村社全体を白い幻想の世界へと包み込んでいた。

そこから十里ほど北にある出流山麓の源流が伏流水となって地下深く浸透し、自然の恵みをたっぷり含んだ清らかな水となって再び地上に湧き出してきている。東を流れる才川と西側の旗川はこの湧き出た清水を満々と湛えている。小中村は、南に一里半ほど離れた吾妻村に沿って流れる渡良瀬川に繋がる二つの支流に挟まれた平らな地形だ。水温が低いのは、この湧水の源流が遠く出流山の冷水の所為だということが人麻呂伝説と共に昔から言い伝えられていた。

小中村は昔から水利に恵まれていたが一六〇戸の殆どが農業で生計を立てていたこの時代、米の生産高は一四四〇石ほどに過ぎず一戸当たり十石にも満たなかった。安政四年（一八五七年）は例年より春が遅く、四月も半ばになるというのに寒さ厳しく、遙か北方に雄々しくそびえる日光男体山はまだ全容を白い雪化粧に覆われて白銀に輝いていた。小中の村民はこの時期から五月末の田植えに備えて苗代を作り始めていた。

その日、夕餉を済ませた田中家では家長の富三と息子の兼三郎《かねさぶろう》が火鉢を挟んで話し合っていた。

「兼三郎、代官所から儂を六角家知行所の足利、安蘇七カ村を束ねる割元に昇進させると通知してきての」

「割元を受けなさるおつもりですか?」

「断るわけにもいかんだろう。そこで、村の区長会に諮ったところ、全会一致で昇進受諾に賛成し後任の名主にはおぬしを推薦してきたぞ」

「えっ、儂を名主にですか?」と、答えた言葉と裏腹に言われた当人は落ち着いている。

「儂は、十七歳の兼三郎には荷が重すぎると代わりに辞退したが、区長連中は割元の儂が上にいれば十分に務まるといって聞かない。本人に話してみて返事をするということにして持ち帰ったが、この件をおぬしはどうする？」

父は遠回しにやや否定的に探るように尋ねた。

「儂は父っつぁまが承知してくれるのであれば名主を引き受けます」と、言い切った兼三郎は背筋を伸ばして正座に座り直すと、父の顔を睨むように見つめた。

「うむ、その覚悟ならやってみるがいい。しかし、何があろうとも六角家と悶着を起こさぬように呉々も用心することじゃ」と、父は息子が祖父以来三代続けて名主に選ばれたことを喜ぶというより寧ろ心配そうに戒めた。

「はい、儂は村の衆の暮らしが少しでも楽になるように身を粉にして働くだけです」と、答えた兼三郎はこの後、早朝の草刈りに始まり、藍ねせ（藍玉を養生して保管しておく）小屋に入って商いに精を出し、寺では村の子ども達に手習いや読み書きを教え、夜は漢籍を学習した。それ以外の時間は明るいうちは農作業に没頭し、名主としての責務は夕餉の後という具合に自ら立てた日課を励行して行ったのである。

三代にわたる名主として苗字帯刀を許されていた田中家であったが、小中村農家の内で中の上程度の自作農だった。

名主は本来、領主六角家知行所代官の命により年貢の取り立てや取りまとめ役を担っていたが、兼三郎は祖父や父の名主ぶりとは違い、農民の側に立ってものを考えて行動する素養を小作農民の子弟との交友を通じて幼い頃から育んでいたのである。

兼三郎は幼少の頃から旗川の河原とその向こう隣にある山崎村の野山や、北隣の石塚村に続く雑木林で戦《いくさ》ごっこをするのが好きだった。この頃の兼三郎は田植えの時期と刈り入れの時期には農作業を最優先にして家業を助けていた。しかし、それ以外の時は農作業を予定より早く切上げて阿弥陀堂の前に十歳前後の子どもを集め、東軍と西軍に分けてその日の征服地を決めて二手に分かれて戦を始めるのだった。敵の砦を攻めたうえで進軍し、目的地に早く到達した方が勝ちになるという単純な遊びだが、大将には地の利や水利を知り号令の上手いものが選ばれていた。このため、石塚村の鎮守や寺院などへの近道を知り尽くしていた兼三郎はいつでも一方の大将に選ばれていた。この遊びから身に付いた近隣の地形や村の地の利と水利の知識を、後年名主として収穫を高めるために村の隅々まで把握する上で役立てたのである。

兼三郎は七歳になると、父富三が自宅前の阿弥陀堂で漢学者赤尾小四郎に開設させた漢学塾に入門した。野山を駆け回ることと農作業で汗を流すことが大好きな兼三郎は漢学の暗誦が苦手だったが、十六歳の折に師の赤尾が逝去して廃塾になるまで師事し学んだのである。

兼三郎には四歳違いの妹リンがいた。リンも七歳で赤尾塾に入門し、十二歳で塾が終了するまで読書と勉学にいそしんだ。成績は塾生の女子で常に筆頭の折り紙をつけられるほどだった。その後、年頃になったリンが裁縫と仕立てを学んでいたのが石塚村の武家の未亡人須藤雪乃が主宰する婦人教室だった。そこでは二十名ほどの良家の子女に裁縫のほか、茶道や華道など嫁入りに必要なことを教示していた。その中の子女の一人が石塚村の紺屋、大澤清三郎の次女カツだった。

日没が早い秋から冬にかけて、リンの帰途が夕暮れを過ぎる時季には下石塚にある八幡神社鳥居のところ迄妹を迎えに行くように、と兼三郎は母から言われていた。

その日、兼三郎は鳥居のところに腰を下ろして待っていた。しばらくして十七歳のリンと、もう一人、妹よりいくつか年下と見られる少女が並んで歩いて帰ってきた。少女は目鼻立ちが整った美形で黄昏のほのかな明るさでも兼三郎の眼に強烈な印象を与えた。

「カツさん、こちらが先日話していた兄です」と、リンが兼三郎を紹介した。カツは黙したままで頭を下げていた。

「おまえ様はどちらの娘さんですか?」と、兼三郎が尋ねても端正な顔立ちで兼三郎を見つめているだけで黙っていた。すかさず、リンから、

「兄《あに》さん、この方は石塚村で紺屋を営む大澤清三郎様の次女カツさんです。カツさんは、私より四歳も年少なのにいろいろなことを御存知で婦人教室では私が教わることの方が多いくらいです」と、紹介されたその娘は、

「私は兼三郎さんとお会いするのは今日が二度目です」と言って微笑んだように見えた。黙っていたのは相手の男も自分を覚えているかもしれないと思ったからだった。

「どこぞで会ったかの?」

「はい、以前私が父に連れられて村の名主さんの家に行った時、父が隣村の若い名主さんを紹介されたのを横で見ていたのです」

「ああ、昨年の刈り入れ後に、割元の父の使いで須永さんの家に行った時に紹介されて挨拶した大澤さんの娘さんですか」

「はい、大澤カツです。リンさんにはお世話になっております」

「なあに、リンは漢学に限っては儂より修得しているが、婦人のたしなみはまだまだなん

で、年下のカツさんからも学ぶところがたくさんあるのでしょう」と、ゆっくり歩きながら兼三郎は大澤家の近くで別れるまで何度もカツに話しかけた。

「カツさんはいつもリンと一緒に帰りなさるのですか?」と、尋ねた兄をいつもと違うように感じたリンが話に割って入り代わって答えた。

「兄さん、最近婦人教室に入ったばかりのカツさんと私では教わる日課が違っていて、毎月一日と十五日の午後の裁縫仕立て実習だけは一緒になります。これからは遅くなるとこうして八幡様まで同伴することにしたのです」

「うむ、では又、リンを迎えに来る時にお会いできるかも分からんの」と言って、カツを見た兄のいかつい顔に珍しく嬉々とした表情が浮かんだように妹には見えた。

カツから、会ったのは二度目と言われたがその時の印象も記憶もなかった兼三郎にとって、二人の出逢いはあくまでこの時だった。二十一歳で、しかも小さい村とはいえ名主を務める男から見れば八歳も年下の十三歳の少女はあどけない少女であって女性として見る対象ではなかった。と、いうよりその筈だった。しかし、兼三郎の脳裏に、そして胸の奥に言いようのないときめきみたいな熱いものが込み上げてきていた。その道では晩生《おくて》と見られていた兼三郎が目覚めた初恋だったのである。

大澤カツは三人姉妹の次女で、姉は快活で商売向きなので婿取りで紺屋の商いを継承すると決められていた。妹は芸事が得意で幼い時から師匠をつけられて習っていた。姉や妹とも違う性格の次女カツは書物を好み、物事を全て良い方向に考える独創的な空想の世界を持つ少女だった。

兼三郎はリンが嫁いだ後も時折、裁縫教室帰りの大澤カツと待ち合わせて束の間の逢瀬を重ねていた。二人で逢うと兼三郎は十五歳になったカツにいつも夢のような話をした。

「世の中は大きく変わろうとしている。儂は小中村の衆だけでなく下野全ての民百姓が食うに困らず生きて行けるようにするつもりじゃ」と言うと、その後に必ず、

「カツさん、儂の嫁御にならんか。さすれば儂が江戸を始め京都や四国、九州などおぬしが見たこともない他の国々に連れて行く」と、結婚を申し入れるのだった。

「私は、まだ未熟で世の中のことも兼三郎さんのこともよく知らないし、嫁御なんてとても無理です」と、その度に笑って答えたが兼三郎は真剣だった。

「来月の一日に迎えに来るから、身の回りの物を用意しておいてくれ。それまでにご両親に了承を貰いに行く。何も心配することはない」と、この日は強い口調で決めつけた。

「そう言われても、私は先に両親と姉ちゃんの同意をもらわないと返事できません」カツ

は短い言葉で自分の立場を訴えた。しかし、兼三郎をじっと見つめるその目は求婚を拒絶してはいなかった。

カツは出逢ってから一年余の間、田中兼三郎という男を不思議な思いで観察してきた。とにかく今までの人生の中で見たことも聞いたことも、読んだ書物にも登場したことのない人間だった。カツはその印象を日記にこう書いていた。

〈兼三郎さんは、いつも遠い未来と目の前の現実を見ているような人。強引で、一直線で、こうと決めたらひた走る。世間体や身なりは気にしない。曲がったことは断固として許さずねじ伏せて真直ぐにして進む人。いかつい顔の中にもふとしたところに柔和な愛嬌とはにかみを見せる。大きな障害や困難を常に自ら見つけて尚更闘志を燃やして乗り越えて行く男。底知れない激しさは累を見ない巨人のような風情がある。とにかく不思議な人。何かに似ていると考えていたら絵草紙で見た百獣の王ライオンを思いだした。その威風堂々の風貌と、一たび獲物〈目標〉に挑む時の素早さと全身全霊を注ぐ目をしている。とにかく世の中の何かを変える人。〉

ここで筆が止まっていたが、カツは、自分の世界観を揺るがす兼三郎の大きさに強く魅かれて求婚を受け容れる気持ちに傾いていたのは確かだった。

次の月の一日、兼三郎はいつもの出迎えでなく言い渡してあった通り、嫁入りの迎えとして婦人教室まで出向いた。しかし、カツが欠席だったため逢うことはできなかった。それより十日ほど前に兼三郎はカツの両親に結婚の承諾を得ようと大澤家を訪ねていたが、その時も留守だと言われて門前払いされたので、この婚姻が歓迎されていないことを察していた。それから三日後の夕方、カツの父、大澤清三郎から手紙が届けられた。それは、『次女への求婚は身に余る光栄であるが、いかんせん未だ十五歳の若輩の身であり、ご尊家に迷惑を掛けることになるのではないかと憂慮し、遺憾ながらご辞退したい』と、丁重にして慎重な表現ながら紛れもなく断り状だった。

その後も何度か教室を訪ねたがカツと逢うことは叶わなかった。何度かカツの自宅にも出向いてみたが両親は居留守を決め込み、本人には逢わせてもらえず三カ月が過ぎた。今日も又逢えないかも知れないと覚悟して教室に向かおうと歩いて八幡神社を通り過ぎようとした時だった。鳥居の陰から手に風呂敷包み二つを抱えたカツが現れたのである。

「一緒に来てくれるのか?」と、兼三郎が尋ねた。

「はい、よろしゅうお願いします」と、答えたカツは続けて、

「お父《と》っつぁまには、私が若すぎると言って反対されたけど母《かか》さまと姉ちゃんは、おま

えの好きなようにしろと言ってくれました」というカツの目は大人の女の輝きを放ってい
た。兼三郎は二つの荷物の内の一つを黙って手に取り、もう片方でカツの手をつかむと小
中村に向かって歩き出した。二人が新婚夫婦の気分で向かった先は新居となる自宅でなく
新屋敷《あらやしき》地区にある叔母の家だった。ここは兼三郎が子どもの頃、腕白が過ぎて母に叱られ
ると決まってかくまってもらい、とりなしてもらった場所だった。

案の定その晩、田中家にカツの父、大澤清三郎が下男を伴ってやって来て娘を返せと強
い口調で迫ってきた。

「ここには居りません。儂はカツさんと祝言を挙げる約束をしました。父っつぁまも承知
してください」と、頭を下げた。

「そりゃ、とんでもねえ話だ。手紙で断ったのに娘を誘い出して、承知できねえ。娘を返
してくれ」と、怒鳴るように訴えたが、兼三郎は意に介さなかった。

「では、自分でカツさんを探して連れて帰ってください。もっともそんなことが世間に知
れたら大澤さんが何を言われるか分からないけど仕方ありませんね」と、突き放した。そ
のひと言で大澤清三郎の声が一挙に低くなった。

「カツはほんとうにおめえさまと一緒になると言ったのけ?」

「はい、儂と夫婦《めおと》になると承知してくれました」

「ならば、今日のところは一度、石塚の家に戻って改めて祝言を挙げるというのはどうだんべか?」と、妥協案を提案したが、又しても兼三郎はそれを一蹴した。

「そしたら、二人が二度と逢えなくするつもりでしょ。儂らは明日、内々で祝言を挙げて夫婦になります。父っつぁまも母さまを連れてきて参加してもらえないでしょうか?」

涼しい顔で笑みを浮かべていた。

「そこまで二人で決めたのなら儂らはもう何も言わねえことにする。但し、一つだけ条件がある。玄関表に、今日連れてきた下男の敬三という男がおります。改めておめえさまとカツの下男としておいてもらいてえのです。当面の食い扶持は儂が出します」と、丁重に頼んできた。年少の次女を思っての配慮か、それとも目付役として送り込もうというのか真意を計りかねた兼三郎だったがこの提案を快く受け入れることにした。

「これが敬三です。カツが生まれる前から家にいた男です。農作業は勿論のこと屋根の修理や植木の手入れ、川魚捕りから調理まで器用にこなします。どうぞよろしくお願いいたします」

紹介された敬三は、玄関先で主人からことの成り行きを手短に聴かされただけにしては自らの責務の変化を予知していたのか、落ち着いた表情で兼三郎の前に現れた。カツを嬢《じょっ》ちゃんと呼んで新しい主人に挨拶をした。

「嬢ちゃんの旦那様でがすか。おら敬三と申しやす。よろしゅうお頼み申しやす」

「いや、夫婦になるのは明日からです。藍ねせ小屋の隣が空いているから明日からそこを使うがいい」と、早くも主人と使用人の会話になっていた。これから夫婦として連れ添うことになるカツを支えて常に不在の主人を陰で助けることになる運命の男が登場したことで、後の田中正造の激烈な生涯を支える妻カツの稀有な人生の幕開けが近づいていた。

翌日、田中家の屋敷に両家の両親を始め親族十二名が集い祝言が行われた。小中村の若き名主、田中兼三郎と八歳下のカツのやや強引な婚姻が整い、世にも稀な運命を歩む夫婦が誕生した。明治の世に移るまであと五年に迫っていた。

（二）

爽やかな風が夏の香りを運んでくる朝だった。前夜、初めての夫婦の営みは満足のゆく形でなかったが兼三郎はそれが新妻の純で無垢な証と受け止めて納得していた。夜明けと共に牛馬の飼料にするための草刈りに出かけた。これまでと違い、この日から下男敬三が後に続いた。初夏の旗川の土手にはよく茂った野草がやわらかな葉を茂らせて朝露を貯え陽光を反射して光っていた。祝言の翌日から兼三郎はそれまで以上に働いた。

「敬やん、背負い籠を厩舎まで運んできてくれや。その間に儂はもう一荷分を刈っておくでの」と、満杯に積み込まれた籠を指さした。

「へい、分かりやした。この辺りの青草は旨そうでがすな」と、気持ちよさそうに鎌を振っていた手を止めた敬三が籠を背負い運びだした。二人で四荷を刈ってから屋敷に戻った兼三郎は、母屋の手前にある井戸水で顔を洗い身体の汗を拭き取ってから、新妻が用意している朝餉を食べるために母屋に向かった。敬三は一足早く戻り、真の主であるはずのカツのいる厨房に駆けて行き、仕度を手伝った。

「嬢ちゃん、おらが仕度しますので休んでくだせい」

「敬やん、ありがたいけど私は今日からここの嫁だ。炊事は私が用意するから運んでくれるだけでいいよ」と、笑顔で嫁の務めと立場を明確に示した。赤子の頃から仕えてきたカツの変貌ぶりが敬三には頼もしく嬉しく思えた。

舅の富三も姑のサキも優しく受け容れていたのでカツは直ぐに打ち解けることができた。

それから三年余り兼三郎は農業経営の効率化を図りながら水利の改良や温度と肥培管理で収穫を高める方法を広め、村民から尊敬される名主になって行った。浄蓮寺と阿弥陀堂で自ら寺子屋を開設し子ども達を教育する一方、藍玉の商いで三百両の収益を挙げて経済を安定させることにも成功した。名主としての仕事や区長達との打ち合わせはもっぱら夕食後からこなしたほか、漢学や読書などにも夜遅くまで打ち込んだのである。

「おまえ様（夫婦になってからカツは兼三郎をこう呼んでいた）、身体だけは大事にして下さい。家のことは私と敬やんでお役に立てるようにしますから心配しないでお励み下さい」と、内助の言葉を掛ける妻を愛おしく感じていた。

「カツも毎日、炊事洗濯と農作業と藍玉作業で疲れるだろうから身体を大事にな」と、まれにやさしい言葉を掛けられるだけで妻は満足だった。

「私は父っつぁま（義父）と母（義母）さま、それに敬やんが助けてくれるので幸せです。それに、おまえ様が、働きものの名主さんと評判で村の人々から尊敬されていて鼻が高いと、実家の両親も言っております。只、六角家の代官様や御用人様となにやらもめごとがあると噂で聞いております。どうか、無理をなさらないようにあんばいよく運んで下さい」というカツの心配の言葉も耳に入らないほど常に仕事に打ち込む夫だった。夫婦二人の時間は就寝時の僅かな時間だけだった。それでもここまでは大きな事件もなく忙中平穏の時が過ぎていた。

兼三郎とカツが所帯を持つ前の年、文久二年（一八六二年）に領主六角家は林三郎兵衛が筆頭用人になった。財政が行き詰まっていた同家は兼三郎が名主になった頃から一方的に年貢徴収方式を変更した。加えて、それまで村役人は村民が選んできた慣例を無視して筆頭用人が賄賂絡みで平百姓を任命したことで騒ぎが大きくなっていたのだった。

「明日から江戸に行く。十日か、長ければ半月ほど留守になるかも分からんが頼む」と、兼三郎が何やら苦渋の決意を固めたことをカツは肌で感じていた。

「やはり、御用人様と掛け合いですか？」

「父っつぁまが領主様に随行して大和（奈良）に行かれてから間もなく一年になる。儂が割元代行になった頃から林用人の悪政が目に余るところになっての。今度は江戸屋敷の普請を理由にして年貢一年分を超える先納金を申し渡してきた。父っつぁまからは何度も御領主筋とは悶着を起こさぬように言い含められてきたが、最近のお上の政治《まつりごと》は権威を失い、下野のみならず日本国の多くの農民が年貢の増加を拒絶しているという噂がもっぱらだ。御用人に何度も領地農民の現状を陳情しても埒が明かない。今度だめなら知行所名主七名と補佐役十名が林用人罷免の嘆願書を御本家の烏丸家にお届けする。お聴き入れがなければ、我ら村役全員が休役を申し入れて年貢納付取りまとめを拒絶する覚悟で行く」

と、今迄カツに見せたことのない厳しい顔で語った。カツは、

「家のことは心配なさらず無事に大役を済ませてお帰り下さいまし」と、落ち着いて夫を気遣った。この時は、これまでの陳情に応える形で六角家が調査を約束したことから最悪の事態にならず一行は戻ってきたが問題は先送りされただけで更に深刻さを増して行った。

　領主六角頼母が将軍の名代として神武天皇御陵代参を仰せつかり、これに同行していた

父が一年ぶりに帰郷してから半年が経過していた。この年慶応三年（一八六七年）十月、将軍徳川慶喜は大政奉還し、十二月には王政復古の大号令が下された。日本中が三百年近く続いた徳川幕府の崩壊で大混乱する中で、小中村は最後のあがきともとれる六角家御用人、林三郎兵衛の悪政と闘っていた。

「父っつぁま、母さま、幕府が倒れたというのに林用人とその一派の村役人は今まで以上に年貢を取り立ててきます。常軌を逸している。今度という今度は御本家烏丸家において林用人一派の役人の悪業を明らかにして罷免を容認させて参ります。一派に与する者以外は我ら全員がお役返上を申し入れる覚悟です」と、決意を述べた。

「幕府が倒れた今、御領家の方々も先が分からず混乱しているのであろう。兼三郎、御用人に要求を突き付けたら皆を説得して一旦江戸から引いて帰り、体制の落ち着くのを見極めるのが賢明じゃ」と、富三が注意を促すが兼三郎は既に時代の急流が自分達に新しい役割を求めていると悟っていた。カツはこの時も落ち着いていた。

「くれぐれもご無事で大役を済ませて下さい。父っつぁまもこの度は先が見えないと仰せです。どうか、お傍に敬やんをお連れください。おまえ様の手足になってお役に立つはずです」と、それだけを訴えた。出立の前の晩、カツは敬三を厨房に呼んだ。

「敬やん、江戸では旦那様のお傍をはなれてはなりません。万一、旦那様が御領家から帰れなくなったら、その時は、御領家出入りの米屋でも魚屋でも八百屋でもいいから頼みこんで内情を調べて知らせてください。入り込めるようだったら入り込んでこの鰹節と竹筒で飲み水を届けること。分かりましたか」と、真剣に言い聞かせた。冬山で遭難し動けなくなった猟師が鰹節一本と雪解けの水で二カ月間を山小屋で生きながらえたという挿話を読んだことで思いついたことは黙っていた。以前、夫から藍玉の商いで得た収入の内の一部をなにかの時に使うように言われていた。その十両の金と共に三本の鰹節を大事に油紙に包んで渡したのである。

カツの心配が的中して兼三郎らの一行は江戸小石川の御本家烏丸家に向かう途中で、林用人の家来に捕縛され拷問の上に六角家屋敷牢に投獄されてしまった。下男の敬三と他の付き人三名は取り調べ後に解放された。兼三郎以外の村役達はあっさり罪を認め、二度と主家に反逆しないという誓詞を書いて釈放された。兼三郎は一人、首謀者として狭い独房に閉じ込められていた。

敬三はカツの指示通り、領家内の情報を得るために近くの長屋を借り受け、出入り業者をしらみつぶしに調べ、入り込む機会を探っていた。一カ月が経過した五月半ばになってようやく出入りの汚《お》わい屋が月に一度、月初の晴れた日に六角家に大八車で四人乃至五人で入り、屋敷の糞尿全てを一日かけて汲み出していることを嗅ぎだした。

汚わい屋に頼み込んで臨時の人足として雇ってもらい十日後には目当ての六角家に入り込んだ。糞尿の夥しい匂いがすることでどこの御大家でも門番、家人誰一人立ち会わないことを掴んだ敬三は仲間に賂《まいない》を渡して仕事から離れ、家内の屋敷牢を見つけて歩いた。その日は屋敷の様子がつかめたが牢屋敷までは聴き出せなかった。翌月には周到に段取りを立ててから臨んだ。見当をつけていたあたりに牢屋敷があることが分かり、丁度その汲みとりが始まる際に現場から離れようとする牢番に賂を張り込んで中に入ることができた。用意していた水と鰹節三本をそっと主《あるじ》のいる暗くて狭い牢獄に差し出した。兼三郎は一瞬、目を見開いたが直ぐ敬三と分かり頷いて受け取ると、

「敬やん、すまんの。儂は大丈夫だ。毒をもられるかも知れないと思い難渋していたが、これで生き延びられるな」と、低い声で囁いた。

「旦那さま、牢番に賂を掴ませておきましたので、家人に分からねえようにきれいな水と握り飯を毎日運ばせるようにしておきました。どうか、御無事で出られますように。おらは、嬢ちゃんに手紙を書きますがなんぞお伝えすることは?」

「できれば父っつぁまから御本家烏丸家御家人で信頼できる方に手紙で林用人の悪行を訴えてくださいと、頼んでみてくれ。狭い牢獄で手足が伸ばせないのが不自由だが儂は負けんと、カツに伝えてくれ」

次の月も汚わい屋に混ざってもう一度鰹節を差し入れてから、敬三は小中村に戻り富三夫妻とカツに報告した。

年号が明治に代わり戊辰戦争が終結して版籍奉還も行われ、時代はめまぐるしく動いていた。兼三郎は明治二年（一八六九年）の年初に村外追放処分で十一カ月ぶりに六角家牢獄から釈放された。迎えにきたカツと敬三に介抱されて体力を回復させ、一年ぶりに故郷に立ち寄ってから隣村に移り住んだ。この時の悲惨な獄中体験が後に、いつの世にも圧政に苦しむ民百姓を救う民主主義政治家を志す第一歩になって行ったのである。

小中村の田地田畑を売り払い、六角家騒動で生じた借財と名主としての役割を整理してから堀米村の地蔵堂に村民の要望で手習い塾を始めた。この塾は村民から多くの支持を得たが自らの修学心を抑えることができなくなった兼三郎は亡き師、赤尾小四郎の身内に塾を委ね先輩を頼って上京した。ところが、頼りの先輩は既に失業して生活費に事欠く有様で、兼三郎の持ち金も間もなく底をつくところに来ていた。窮乏生活の中で暮れが近づいたある日、同じ赤尾漢塾の先輩である早川信斎が二人を訪ねてきた。聞けば早川は遠い江刺県（現、岩手・秋田県内）の大属《だいさかん》を務めていて、兼三郎に江刺行きを勧めて来た。その折も折、兼三郎は知人が現地の権知事であったことに加え、赤尾塾のもう一人の先輩が大参事であったことで、彼らが活躍している新天地に活路を求めたのである。

こうして一旦は目的を果たせず挫折しかけた兼三郎はこの時に祖父の名である正造と改名し、新たな気概を持ち直して江刺に向かったのだった。運命は舞台を江刺県に移してさらに過酷な試練を準備して田中正造を待ちうけていた。

「嬢ちゃん、旦那様から手紙が届きましたか？」

「いいえ、去年三月上旬に江刺の遠野町に無事着いてね。いろいろ手違いはあったものの県庁の出先の分局に採用されたと便りをよこして以来音沙汰なしです」と、いつも通り不在が当たり前の夫に何も不満を見せないカツをどう励ましたらいいか敬三は言葉を探していた。

「嬢ちゃん、御領主六角家との騒動であれだけの苦難を乗り越えた旦那様でがす。きっと江刺で成功して嬢ちゃんを呼び寄せるつもりでしょう。その時はおらも連れて行ってくだせい」

「そうだね、遠いところだけど旦那様が来いと言うてきたら行かないわけにはいかんもんね。そんときゃ、敬やんに馬を引いて乗せて行ってもらおうかね」と、冗談ぽく言ってから久しぶりに声を出して笑うカツだった。

しかし、この時正造は直属の上司殺害の濡れ衣を着せられて逮捕された挙句に、何度も拷問を受けるというどん底の状況にあった。その上、既に県付属補を免職となり花輪分局獄から江刺県獄へ手錠のまま護送されていたのである。この冤罪には正造が生涯悔やんでも悔やみきれないことがあった。世話になっている上司には妾がいた。正造はその上司に勧められてその妾の、十五歳になる妹に身の回りの世話をさせるという名目で同居していたのだった。殺害事件の起きた晩も二人で寝ていたが、その後正造に解雇されたことを恨んだ娘はあろうことか裁判で事実と違う証言をした。

「おら、その晩は早ええ時間に寝てしまって旦那が家に居たかどうか知らねえ」と、偽証したのである。かつて、江刺県で官吏になることを勧めた知り合いが事態を憂慮して富三とカツ宛に手紙で顛末を説明して寄こした。父親宛には、

『正造君は上司の勧めでかつて妾にしていた女に裏切られて偽証され、監獄に入れられて

います。移送された極寒の江刺獄で越冬するのは死を待つに等しい。賂を用意して早く来られたし』と、危機を訴えてきた。その一方で、カツへの手紙には、『御内儀が江刺監獄まで来るのには負担と危険が多すぎる。父上と、ほかに身内の方々に賂を託して急ぎ代参を依頼することをお勧めする次第です』と、冤罪の原因をカツに知らせないように遠回しに配慮した内容になっていた。

それから五日後、父の富三と妹リンの夫、原田進三郎、それにカツに代わって敬三がお供として付き添って江刺を目指した。カツには、正造が妾との諍いで冤罪に陥ったことを悟られないように周りが気遣っていたが、出立の朝、敬三に託された正造への手紙には全てを察した上でこう書かれていた。

『おまえ様は、これ迄以上に大きな仕事を成し遂げるお人です。昔から、力のある男が貧しい身の上の者に身の回りの世話をさせるということは、お慈悲と慈愛によると私には分かっております。おまえ様、どうか生きてお戻りください。どこにいようと、どれほど離れていようと私はおまえ様の妻です。おまえ様は、六角様の四尺四方の牢獄で毒を盛られる恐れの中で民百姓を救う生き方を見つけたと仰せでした。どんなことにも耐えて、この度も又、民百姓を助ける力を蓄えておいでなさると信じております』

カツはこの時もまた敬三に鰹節五本を託すと共に、賂のために義父と義弟に有り金全てを託したのである。

高齢の富三のため馬と駕籠を使い分けて十一日間で江刺県についた一行は、正造のかつての上司達の支援を頼りに冤罪を晴らすための証人探しを手配して大金を費やした。その一方で、義弟の原田進三郎と敬三が獄吏全員に賂を差し出し、正造が江刺獄の極寒の冬を生きながらえられるよう懇請したのだった。それが功を奏して、獄吏らは病気と寒さで死人が出るとその着衣と莫蓙を正造に回してくれた。お蔭で最悪の危機を乗り越えることができた正造は春になって盛岡獄に移送された。第一次府県統合により江刺県が盛岡県に分割編入され、後に岩手県となったためだった。この時の岩手県令自身が、かつて幕末の折に勤皇派によって藩獄に投獄され悲惨な経験を持っていたことから正造ら未決囚の待遇が著しく改善される幸運に見舞われた。翌、明治六年（一八七三年）には新たな獄規則が施行され、未決囚は畳の上で生活できるようになり書籍などの差し入れと手紙のやり取りが自由になった。三カ月に一度親族や代理人との面会も許されるようになった。

カツはこの時、義弟と敬三に付き添いを頼み十二日掛けて盛岡獄に正造を訪ね、面会を許された。江刺に行ってから三年ぶりに会う夫と正面に向かい合う時もカツはあの日、小中村の阿弥陀堂で夫を見送った時と同じ笑顔だった。

「カツ、儂は悔やんでも悔やみきれない失策をして冤罪に陥った。しかし、カツの励ましで獄中の苦痛を通して貧民救済を今後の使命として生きることを学んだ。苦労を掛けるが両親を頼む」と正造は涙ながらに悔い改め、今後の生きざまを誓ったのである。

「おまえ様は六角様との騒動で囚われた折にも民百姓を救う生き方を見つけたと教えてくれました。今度は冤罪と拷問の中で貧民救済を目的にする活動を見つけたと先日の便りに書かれておりました。この度のことも必ず冤罪が晴れて無罪放免になることでしょう。いつまでも私は待っております」と、言葉を交わしたのである。

事実、正造は六角家獄での十一カ月にわたる過酷な苦難に続き、今度は二年九カ月に及ぶ冤罪の日々を強いられていた。初めは拷問と極寒に苦悶したが後半には書籍の差し入れが自由となり、さまざまな学問書を読破し、人生を変えるほど貴重な学習の機会になって行った。その上、同室の未決囚から借りた政治、経済の翻訳書から西欧近代民主主義を学ぶと共に書中の文章を音読して暗誦したほど集中力を高め、吃音《どもり》をも克服した。こうして幕末の小中村名主時代に体得した自治精神を加えた民主主義理論を確立し、貧民救済を中心とする、日本で不世出の民権運動家田中正造の基が形成されたのである。

（三）

足尾村からさらに三里ほど奥に入ったところに渡良瀬川源流と見られる小さな湧水がある。そこには日光から続く山脈の深い岩床にそそぎこまれた雪解けの岩清水が地下深い長旅を経て浄化され、ふたたびこんこんとわき出ていた。それを口に含むと冷えた甘露のように甘く感じるほどだった。その小さな流れは足尾を経て旧・下野と上野の国境を縫うようにくねって流れを徐々に大きくしていた。渡良瀬流域は自然の恵みが溢れ、さながら生命の宝庫のようだった。鮭やスズキがのぼり、鯉・鮒・ハヤ・鰻や鯰・ドジョウ・川エビなどが漁業者を潤していた。清流に棲む魚や虫、小動物などが無数に集まり、これらを餌にする魚や鳥、そして獣達がさらにやって来ていた。時として自然の猛威が大洪水をもたらした時でさえ、上流から朽ちた木の枝葉が運ばれてきて肥沃な土となって流域田畑の穀物を一層豊かにしていたのである。

足尾銅山は徳川幕府直轄銅山として明治維新まで約二四〇年にわたり操業されていた。江戸時代の技法では既に銅が掘り尽くされたと見られて廃鉱同然になっていた。そのため、洪水による鉱毒流出被害は足尾下流の一部周辺に限られていて、渡良瀬川下流の自然体系や豊富な生命の種に与える影響も少なかったのだ。ところが明治十年（一八七七年）、一人の男が足尾の廃鉱周辺から新たな鉱脈を見つけたことで状況が一変した。後に、世界で類を見ない鉱毒公害の始まりだった。

この先、運命は足尾銅山鉱毒事件により田中正造と古河市兵衛を対峙させることになる。二人の大きな違いは、貧しい農民を愛し信じ守るため最悪の公害解決に一身を捧げた正造に対し、片や市兵衛はその生活はあくまで質素で事業一途な、ある意味に於いて偉大な経営者だったのだが、事業と金銭を通してしか人を信じられない孤独の人だったところである。

一方、明治七年（一八七四年）に冤罪事件から釈放されて郷里に帰った正造は世の中の急変ぶりに驚かされた。遠い彼の地の監獄にいる間に自分を冤罪から釈放するためにできた借金を返済し、売却した田地田畑を買い戻すため、妻カツの実家に近い石塚村の造り酒屋に番頭として働きに出た正造だった。一心に努力したが店主から客商売には不向きと諭されて辞める際に得た金で夜学校を開いたものの思想の違いが原因で閉校に追い込まれた。

この時代、近代化を急ぐ新政府は徴兵令や課税基準を地価に変更する地租改正条例を布告した。さらに廃刀令や秩禄処分により氏族制度が崩壊し、各地で不平士族が決起し、その一つとして西南戦争が起きていた。

「父っつぁま、儂が江刺であんなことになって帰るまでの五年と、帰ってから今日までの三年間で世の中はひっくり返るほど変わりましたな」

「たしかに、もはや国は下野でなく日本国になり、地租もお国が決めざるを得なくなったのだ。それに、宇都宮県と栃木両県が合併して栃木県になった。まもなく公選で県を地域分割して区議会議員を選ぶことになるという話だ」

「そこで、これから儂はどう生きて行くべきか、父っつぁまの考えを聴かせてもらいたいのです」

「世の中の移ろいが速すぎて儂にも確固たることは言えんが、おぬしは監獄の中で貧民救済の生き方と西欧の民主主義思想を学び、小中村の名主時代に体験した自治精神を加えた民主主義理論を確立したと手紙で書いてよこしたの。それこそがこれからの栃木県と日本国が目指す方向と一致していると言えるのではないか」

正造が釈放されるのを心待ちにしていた母サキが逝って一人残された父であったが、毅然として新しい日本の行方を睨み、息子が獄中で悟った生き方が今、最も求められていると語った。

「儂を公共事業で役立てるように、父っつぁまから郡役人と現在の世話役の方々に推薦して下さい」

「分かった。さっそく明日から頼みに行ってくる」

こうして正造は、公選民会開設や土地制度改革に社会が揺れる最中、地租改正担当員になった。公共事業に身を捧げる決意でめざましい働きをする一方、自由民権運動にも参加して自らの進むべき道を掴んでいった。その正造の努力の結果は世の中が求める必然と重なり、明治十一年(一八七八年)七月に第四大区三小区から区会議員に選出されて民衆政治家としての第一歩を踏み出したのである。

水を得た魚のように活躍する正造を時代の変化が後押しした。区会幹事になるや「区会憲法」や、新しく制定された「地方三新法」を徹底的に勉強し、大いにこれを参考にして「町村会設立案」を起草し、区会の承認を得て県令鍋島幹に提出し頭角を現していった。

家に帰っても夜中まで分厚い書類を読み、夜明けまで布団に入らないことも度々あったほどだ。それでも時々カツと敬三に日本のこれからについてを語ることがあった。カツにとってそれを聴くことは夫が最も近くにいることを感じる瞬間だった。

「おまえ様が考えている国会開設の運動が広まってきてよかったですね。先ほどの話では、府県会規則によって行われる来年の県会議員選挙に打って出るお考えですね。私は敬やんと二人でおまえ様が買い戻してくれた田んぼと畑を耕すだけしかできずお役に立てずに申し訳けないです」と、詫びるが正造は既に自分の進むべき道を遥か先まで見通していてそれ以外のことには頓着しないでいた。唯一、西南戦争で土地が高騰すると予測したのが当たり、大金を手にしていた。

「金は一昨年、親戚中から借金して買い付けした土地を売って儲けた三千円がある。先祖さま伝来の土地を買い戻し借金の返済もできた。カツも敬やんもこれ迄のような無理をすることはない。儂は今後、自分が儲けるための仕事は一切しないつもりだ。この金は全て子ども達の教育と政治を目指す上で使う。毎年百二十円ずつ堅実に使えば二十五年はもつじゃろう。カツは金のことは気にするな。それより栃木県全体を歩き回って貧しい農民を助けねばならん。敬やん、馬をあと一頭買い付けて人力車も一台借りておいてくれ。とりあえず、安蘇郡をくまなく歩く」と、敬三を自分専用の馬引と人力車夫に仕立てて選挙運動開始を宣言した。

しかし、第一回県会議員選挙の結果、正造は予想に反し僅か一票差の次点で落選してしまった。この選挙には立候補者は殆どおらず、多くは地方の有力者の推薦で立候補し、当選してから辞退するものが多かったのである。正造も自ら区会の仲間を応援して自分の立候補は推薦にゆだねたのだった。落選は正造に大きな苦悶を与えたが、その内、当選者の多くが辞退したことを知るにつけ却って自身の議会制や立憲制に対するこれまでの不勉強に気付き、猛省する機会を得ると共に学習の機会を与えられたことを悟ったのである。

正造は落選の四カ月後、後の下野新聞の前身である栃木新聞編集長に抜擢されて次々に思いきった記事を出して行った。特に「国会開設は目下の急務」という論文を新聞に発表し注目された。これをきっかけに県内に国会開設論が盛り上がり、正造は民権運動家として脚光を浴びて翌年の改選で県会議員に初当選を果たすと県議会の先鋒としてめざましく活躍し、国会開設運動を繰り広げ元老院に国会開設建白書を提出したのである。

「県会議員になって又しても牢獄に入るなどとは考えてもいなかった。心配掛けたの。許せ」と、釈放されて久々に小中の自宅に戻ってきた正造はカツに詫びたが、その顔には過去の冤罪の時のような悲壮感や疲労感は微塵もなかった。むしろ勝利者の顔だった。

それより前の明治十六年（一八八三年）に着任した鬼県令こと三島通庸と対立し、その暴政を政府に訴えようとした。この時、自由党過激派による加波山《かばさん》事件が起きて、その巻き添えにより逮捕され七十九日間拘置されたのである。

「旦那様は鬼と闘ったそうだが勝ちなすったかのう?」と、馬を引く敬三が尋ねた。

「県令に化けた鬼は人を人とも思わない化け物だった。簡単には勝負はつかない。しかし、儂とてこれまで三度とも謂われのない罪で投獄されたが、その度に大事な力を授かって出てきた。今度の逮捕は栃木県民が歴史上初めて議会政治に目覚めるきっかけを掴むことになりそうだ。敬やん、長生きして儂が貧しい農民を救うところを見てくれや」

「へい、おら達百姓のために旦那様が鬼でも化け物にでも向かって行ってくれるのはありがていことでがす。一つだけ旦那様に聞いてもらいていことがありやんす」

「そうか。何でも話してみろや」

「旦那様はこれから今まで以上に忙しくなるでがしょう。できる限りで結構でがす。お帰りの際には嬢ちゃんと二人きりの時間をもってやってくだせい」

「うむ。敬やんの言う通りじゃの。でも、儂はいつもどこにいてもカツを思うておる。カツが留守を守っていればこそ思いきり民のために活動できる。実はのう敬やん、儂ら二人が子宝に恵まれんかったのはカツのせいばかりではなかったかもしれんのだ」

「へい、どういうことでがすか?」

「儂には子種がないのかもしれんのだ」

「おらには、よく分からねえがそれで子宝に恵まれなかったのけ?」

「多分そうだ。子宝を諦めてリンの長女タケを養女としてもらい受けてからは儂が留守の時でもカツはタケと二人になった。それに敬やんがおる。これからも苦しむ民のために儂は闘い続ける。敬やんの忠告はありがたく肝に銘じておく」

拘置されている間に対立していた三島県令が栄転したため釈放された正造だったが、暴政に真っ向から立ち向かった県会議員として新聞に取り上げられ、釈放されて帰郷するとあたかも鬼の三島を追い払った英雄のごとき大歓迎を受けたのであった。その後、各地の演説会に向かうと正造の顔を一目見て演説を聴こうという聴衆で会場が埋め尽くされた。議会では『栃木鎮台』を略した『栃鎮《とっちん》』とあだ名されていた。席次が一番であり常に大声でする発言は突出していて、あたかも軍隊の突撃のごとき勢いだったのだ。県議時代から歳費や旅費手当の増額には全て反対し、これを信念として終生貫いた。「人民により選ばれし名誉ある議員が人民の負担になる決議をするべきではない」と、押し通したのである。二年後、県会議長に就任し二期連続務めた。

明治二十二年（一八八九年）二月十一日、正造は栃木県を代表し、県会議長として宮中正殿大広間の大日本帝国憲法発布式典に参列した。憲法巻物を明治天皇に捧げたのは制定の立役者、伊藤博文である。天皇が朗読した後、巻物は総理大臣黒田清隆に授けられた。明治天皇を崇拝し、国民は天皇の民であると考えていた正造は眼を見開いて天皇を見つめていた。心の中で（国会開設の暁には陛下の民の一人として貧しい人民のために一身を捧げ働きます）と、誓ったのである。国会を目指す田中正造にとって晴れやかなこの日、衆議院議員選挙法が発布された。総選挙は翌年に迫っていた。同じ頃、足尾銅山から大量に流出した鉱毒が渡良瀬川の魚類を全滅させるほど猛威を振るっていた。蓄積された鉱毒は、やがて度重なる渡良瀬川大洪水によって河川外に大流出し、世界にも例のない鉱毒公害を巻き起こすことになるが、この時はまだ、それを待つように息を潜めていた。

（四）

明治二十三年（一八九〇年）七月一日、第一回総選挙で栃木県第三区（足利、安蘇、梁《やな》田《だ》三郡選挙区）から立候補した田中正造は木村半兵衛を僅差で抑えて初当選を果たした。

「カツさん、兄さんが当選できて本当に良かったね。父っつぁまは具合が悪いのに寝床から毎日、知り合いに手紙を書いたそうね」

「ええ、止めても聞かずに二百人以上の有権者に投票依頼を書き続けました。それを敬やんが歩いて届けてくれました。当選を聞いて安心したのかあれから床に伏せってしまってね。選挙中はリンさんと進三郎さんには言葉に尽くせないほど世話になってその上、原田織物の番頭さんや手代の皆さんが木村陣営の襲撃で怪我をしたとうかがいました。申し訳ないことです」と、当選後に実家を訪問したリンに義姉としてでなく親友として心の底から感謝し、激しい戦いの後遺症を気遣った。

「足利は木村の地元だから周りが敵ばっかりで恐ろしいほど妨害活動があったけど、進三郎さんも定助もひるむことなく兄さんの当選を信じて堂々と選挙運動していて頼もしかった」

「梁田郡で善戦したのが勝因で、それも原田一族のお蔭だって内の人が何度も言ってましたよ」と、激戦を振り返って涙ぐむカツであった。

この選挙は立憲改進党の正造が安蘇郡を地盤としていたのに対し、旧自由党系の支援を受けた半兵衛は足利郡が支持基盤であり、梁田郡が当選の行方を大きく分けるとみられていた。このため、木村の地元足利郡にある妹リンの嫁ぎ先原田織物は木村陣営の運動員とみられる暴漢から再三襲撃を受けて、家人に負傷者が出て血で血を洗う戦いの様相になっていた。木村陣営は豊富な資金力と当時、下野新聞社長影山禎太郎が足利出身で半兵衛支持者だったことから、紙上を利用して正造を誹謗中傷する記事を連載するなどして妨害した。なりふり構わない相手の攻撃に屈せず乱戦を僅差で制したのは田中正造だった。

その当選を待っていたかのように八月二十三日に起きた大洪水により冠水した渡良瀬川流域では、広大な田畑の稲は腐り桑が枯れた。誰の目にも鉱毒による原因が明らかになっていた。正造が国政の舞台に登場するのと渡良瀬川流域の栃木、群馬、茨城、埼玉四県に及ぶ足尾鉱毒被害の広がりとが運命の糸を手繰り寄せるように同時進行したのである。

正造の政治活動資金は毎年百二十円の見積もりで計算されていた。しかし、凄絶な大激戦となった第一回衆議院議員選挙でその大半が吹っ飛んでしまった。

「残りが三百円少々と事務所が言ってきた。選挙は金がかかるものじゃのう」

宿敵木村半兵衛が費やした金額と比べれば十分の一にも及ばなかったが、たった一回の選挙で三千五百円の出費が報告され、以前蓄財して二十五年間は維持できると踏んでいた活動資金の殆どを失ってしまった。

「おまえ様、原田の会社（リンの夫原田進三郎が起こし成功した織物会社）が活動資金を毎月五十円寄付してくれるそうですね。ありがたいことです」

「中節会の支援者からも多額の支援を頂けることになった。それでも次の選挙は借金をせねばなるまい」と、腹を括っていた。

田中正造は議員辞職をする明治三十四年（一九〇一年）十月二十三日までの十一年間に六回の選挙において全て木村半兵衛を破って当選したが、二回目には早くも銀行借入に頼らざるを得なくなった。その弁済についてもカツの実家大澤家やリンの嫁ぎ先の原田家を始め、盟友、支援者が肩替わりした。衆議院議員二期目以降、正造は国民の信任に応えて、それに逆行する政府と官僚を激しく追及する政治理念に基づいて活動を進めていた。並外れて多い質問と演説は鉱毒事件に止まらず、藩閥政府と政商の不正、軍隊による国費乱用、及び政府の不法と不正を些細なことでも調査して徹底的に追及した。その政治姿勢は一貫して国家国民を最優先にしていた。選挙地盤の地元代表という意識はなく、常に全国民の代表としてとらえていた。足尾鉱毒事件については政府の大罪であり国家的大事件として足尾銅山廃鉱と被害者救済のために政府に立ち向かったのである。二回目の選挙も初回同様に僅差だったが、三回目以降の選挙において半兵衛との得票数が圧勝と言える大差になったのは、半兵衛が一貫して足尾銅山擁護の立場で対立したからにほかならなかった。反対に正造の足尾銅山関連の質問と活動が新聞や演説会で広まるに連れて、これを支持する知識人と四県に跨る県民有志は数え切れないほどに増えて、選挙費用や政治活動費を支援者が全額負担するという古今東西でも特異な政治家支持集団を形成していった。

正造は元もと着衣や身なりを気にしない性分だった。かつて石塚村の蛭子屋に番頭として奉公に出る時、カツが家計をやりくりして木綿の羽織と前垂れを縫い上げ、「せめて、これを着てお店に出てください」と、差し出した際にも「店からもらった綿入れと前掛けで十分だ。今後、着衣に余計な支出をするな」と、叱責を受けてしまった。その後もカツは正造の着衣と身なりを気遣ったのだが、それを夫に受け入れさせるためにその都度、敬三に相談して智慧を絞ったのだった。

県会議員になった際に正造は紋付き袴の正装は父富三の古着と決めていた。そこでカツは県会議員当選を祝って妹リン夫婦に新たに仕立ててもらうことにした。県会議長として大日本帝国憲法発布式典に参列することになった時には、カツの実家大澤家からお祝いとして宮中参上する際に着用する洋服の礼服と外套、それに礼帽をしつらえてもらったのだった。以来終生、正造の着衣は普段着以外その殆どが身内と支援者からの贈り物に限られた。

例外なのは衆議院議員に当選した年の翌年、カツと養女のタケが三カ月かけて編んだ毛糸の襟巻きと帽子だった。リンの夫が起こした原田織物会社は足利市で綿糸業を営み、県内でも有数の資産家であった。それを継承したリンの長男原田定助はその資産を背景にして後に自ら県会議長を務めたほか、多くの社会事業団体を創設して社会貢献する一方で、伯父にあたる正造を全面的に援助していた。ある時、定助から西欧の毛糸と編み棒が、翻訳された編み物読本を添えてカツのところに送られてきた。カツは養女のタケと共に編み物を学び、練習を重ねてから二本の長い襟巻きと帽子を編み上げた。

「タケ、養父《とう》さまの襟巻きを上手に編めて良かったね」

「はい、養母《かか》さまも養父さまの帽子と敬やんの襟巻きがとてもきれいに編めましたね」

と、互いの作品を讃えながら満足していた。カツはあくまで敬三の分を編んだことにし、夫の襟巻きと帽子はタケが編んだことにして手渡そうとしていた。そうでないと、正造が素直には身に付けてくれないと分かっていたからだった。カツは編み上げた襟巻きを留守中の夫よりも先に敬三に贈った。

「嬢ちゃん、こんな立派なものを頂戴しても、おらにはもったいねえ。第一、こんな長げえもんを首に巻いたらおら歩くことも仕事することもできねえ。だんな様は冬場でも行かなくてはならねえところが数多くある。どうか、だんな様に差し上げてくんなんしょ」

と、受け取りを固辞した。

「困ったね。うちの人にどうやって二本の襟巻きを説明しようかね」と、思案に暮れて敬三に眼を向けると、

「そしたら嬢ちゃん、二本ともタケちゃんが編んだことにして二本を繋いで一本の襟巻にしてだんな様に差し上げたらよかんべ」と、敬三が思いついた案にカツとタケが賛成し、

早速二本を一本に繋げて翌週帰宅した正造にタケが贈り物として差し出したのである。

「定助さんが贈ってくれた毛糸をタケが儂のために編んでくれたのか。それはとても嬉しいことだ。それにしてもこんな長い襟巻きは滅多にないじゃろ。九尺もありそうじゃ。冬期間に様々なところを訪問する時とても助かるし、視察の時などには襟巻きが目立つのう」と、上機嫌で首に二回り巻いて見せたが、それでもまだ両端は膝下まであった。生涯を通して着衣や身なりを気遣うことのなかった正造だったが、タケが一人で編んだと思いこんだせいか、毛糸の帽子と長い襟巻きは明治天皇に直訴する直前に払い捨てるまで愛用し続けたのである。


明治二十四年（一八九一年）九月、顕在化した足尾銅山鉱毒被害を議会で追及するために地元に戻った正造は渡良瀬川流域被害地の実態調査を開始した。久しぶりに実家に戻ると大勢の支持者がひっきりなしに挨拶と激励に訪れた。その中にすぐ近所で農業の傍ら父子二代にわたって絵師として知られていた須藤勝三が訪ねて来た。

「正造さんが衆議院議員として東京で活躍していることを儂ら小中の百姓は誇りにしておりやす。忙しいところ申しわけねえが亡き親父に代わって頼みがあって来やした」

十歳以上も年少の勝三からみれば今の身分の違いは雲の上にも思える相手だが、この機を逃せばいつ会えるか分からないと考えてのことだった。

「勝三さん、水臭いことを言わず儂に出来ることならなんでも言ってくれや」と、気軽に声を掛けたが脳裏では勝三の亡父、惣兵衛を思い出していた。惣兵衛は須藤晏齋の画号で神社仏閣に奉納する幟や武者絵を描いて安蘇郡一帯で広く知られていた。長男の勝三は桂雲と号して南画系の山水画の絵師としてやはり地元で評判になっていた。一方、勝三からすると年の離れた弟で三男の桂三郎は、父と兄の指導と薫陶を受けて絵師を目指して成長していた。十七歳で上京して故実家として知られる土佐派の川崎千虎の門下に入り、最近では画壇で頭角を現していることを正造は東京で耳にしていたのである。

「勝三さんの弟桂三郎さんのことは何度も耳にして知っている。なんでも十七歳で友人と図り上京し、一人残って絵師のところを訪ね歩いて勉強したそうだね」

「はい、無鉄砲なやつでして、父っつぁまが倒れて一旦小中に戻ると近所で廃家になっていた小堀家の養子になり戸主を相続して画号は小堀雨舟となりやした。父っつぁまが桂三郎を兵隊にとられないように配慮したのだと聞いておりやす。その後、東京の絵画展覧会に出品しているうちに川崎千虎先生に認められ師事して、二年前には東京美術協会青年絵画共進会に出品し、何と一等褒状を受けて今では画号を小堀鞆音と改めやした。父っつぁまと同じ武者絵でいつか日本を代表する絵師になると千虎先生から折り紙を付けられておりやす」

「先が楽しみですな。儂は絵のことはよく分からんが、小中から桂三郎さんのような才能に満ちた可能性のある絵師が育つのは何とも愉快で嬉しいことです。さて、それで儂に頼みというのはどのようなことですか？」

「実は、その件についてはおかみさんにも一緒に聞いてもらいたいのです」と、言われて不思議そうに勝三を見た正造だったが、勝三が笑顔だったので直ぐにカツに声を掛けた。

「カツ、須藤惣兵衛さんところの総領（長男）の勝三さんがおぬしにも話があるそうだ」と、このところ鉱毒事件で張り詰めていた全身からほっと力を抜くことができたように感じていた。正造とカツが揃うと勝三から願いごとが明かされた。

「弟、桂三郎は武者絵の中でも歴史上の人物画を貫いておりやす。つまり、正確な時代考証を細部まで掘り下げて優れた描写で歴史上の人物に血を通わせていると、評論されておるのです。兄の私が褒めるのはおかしいと思われるでしょうが天分というか、弟はいつか日本一の歴史絵師になると見ておりやす」と、兄が弟を評して滔々と述べる話に夫婦は爽やかな心地よさを感じて言葉をはさまずにいた。

「長い話になってしまいやしたが、この度その桂三郎が旧士族の令嬢と祝儀を挙げることになりやした。そこで、田中正造ご夫妻に仲人をお願いしたくて参りやした。正造さんの都合で帰郷された折に人丸神社神前で式を挙げ先祖様に報告し、その後、正造さんの都合に合わせて東京の上野明治亭で絵師の先生方や同僚友人を招き披露宴を挙げたいと本人から頼まれやした」と、言い終わるのと正造が「分かりました。お引き受けします」と、答えるのがほぼ同時だった。カツの都合などは聞きもしないところが正造らしいところだったが、この時ばかりはカツも喜んで了承していた。

翌年四月、再び渡良瀬川沿岸の被害調査のため帰郷した際に合わせて小堀鞆音夫妻の婚儀が行われた。人丸神社神前で式を終えて須藤家に於いて身内だけの祝宴が催された。

「先生は、地元とか選挙区の利益という概念を持たず明治天皇を崇拝し、天皇の民の徳義をもって選ばれた議員として国家国民、特に貧しい民を救う政治を信念としておられると兄から聞いております。郷土の誇りとして先生ご夫妻に仲人をお願いできて幸せです」

「桂三郎さんの画号、鞆音は師匠の川崎千虎画伯本名の一字からつけられたそうですな」

「はい、師匠から有職故実（宮中にまつわる伝統的な行事や儀式に関する知識）を学び、師匠の勧めで、その後東京博物館や皇居御造営局、特許局に臨時雇いとして勤め、装飾下図製作に従事すると共に古画の模写に携わることができました。師匠からは正確な時代考証と何事にも本物を学ぶよう教えられていましたので、現在は漢学や甲冑を研究しております」

「うむ、それでこそ本物の歴史画を描けるというものだ」

するとと、横で聞いていたカツは笑顔で鞆音に尋ねた。

「鞆音さんは歴史人物画の中でも武者絵が得意だそうですね。現代人は描かないのですか?」

「はい、師匠を見習って日本国の歴史に光を与えた人物の史実を描くのが本分です」と、カツの率直な質問に笑顔を新婦に向けながら答えた。カツは鞆音の人柄に魅かれていたので丁度息子に話すような気持ちで誘いだすように続けた。

「内の人と同じで鞆音さんも天皇様と皇族を崇拝してなさるのがよく分かります。昔の歴史上の偉人を描くのは素晴らしいことですが、許されることなら現代に生きる偉人の中で将来歴史的人物になられる方を描いてみては如何でしょう」

「そうですね、是非挑戦してみます。その時は是非とも正造先生を描きたいですね」

「え、内の人を……ですか？」

「はい、先生は自ら『余は下野の百姓なり』と申されていて、常に日本国民、それも貧しい民を救うために命を懸けて闘っておられる。逆行する政府と高官を断固として追及している政治家と評価されています。明治の世は国民が初めて自分を日本国民と認識した時代と言われています。戦争と軍隊以外の方法で、その役割を果たしている政治家は先生を置いてほかにおりません。先生が為すべきことを成し遂げた時に描かせて下さい」と、言い切った。

「はてさて、儂はご覧の通り身なりを一切気にしない人間だ。議会には紋付袴で登壇するが一年中綿入れを着ていて笑われたことがある。今日は、カツとタケと敬三という家人が朝早くから儂の身の回りを繕ってくれたが、そうでなければ婚儀に髭面で臨んで新郎新婦から拒絶されたかもしれんな。桂三郎さんに描いてもらうと日本一ぶさいくな男になってしまうの」と、正造もおどけてカツを見て数カ月ぶりに心の底から笑った。

「その時は、私とタケと敬やんがおまえ様をピカピカにして鞆音さんの処へお連れしますよ」と、この日だけは夫婦そろって鉱毒事件をしばし忘れて、婚礼のめでたさと共に僅かな夫婦の暇をとりもどしていた。

（五）

正造が衆議院議員に初当選した明治二十三年（一八九〇年）から連続六回当選を果たし議員辞職する迄の十一年間は、正に足尾鉱毒とそれを金儲けにする古河市兵衛並びにそれを是認する国家の大罪に対する壮絶な闘いだった。政治活動の大半が鉱毒防止に没頭するようになってからの正造は、選挙が近くなると赤見村字小中となった故郷に数日程度戻ることはあったものの、それ以外の音信は時おり届くカツとタケと敬三宛ての手紙だけだった。

「鉱毒解決は和解や補償金などの小手先の策で妥協してはならない、これは国家の大罪であり足尾銅山廃鉱と鉱毒除去と被害地復興、被害民救済は国家の義務である」と、一貫して訴えて来た正造は最後の手段を考えていた。そのために議員の立場を利用することを潔しとせず第十五回議会会期末をもって辞職したのである。

直訴決行直前に正造から敬三に宛てた手紙が届いた。

『今後儂に不都合なことあらば同封の書簡を官憲に示すべし』と書かれ、そこには簡潔であるが暗に重大な決意を、敢えて下男へ仄めかしていたのである。別紙に離縁状が二通入っていた。一通は妻カツ宛てのもので、もう一通は養女原田タケ宛てだった。敬三は、大澤家の手代に託してこれを正造とカツの甥にあたる原田定助に届け保管してもらった。

同じ年の十二月十日、遂に明治天皇への直訴が表向き単独で決行された。正造は議員辞職以前から天皇による特別勅令発布を鉱毒事件最後の手段と考え決意していたが、これを具体的に計画したのは、実は東京毎日新聞の主筆石川半山だった。これ以前に川俣事件の裁判が東京控訴審に移り、裁判官の被害地臨検について東京の新聞各紙の記者が取材記を連日生々しく報じ、被害民救済と足尾銅山操業停止を求める記事が世論を動かしていた。

「失敗だ。失敗だ。田中君が死ぬか、せめて警官の一太刀を浴びるか、槍で一刺しされなければならぬのに、無傷では話にならん。大失敗だ」と、半山は自身が立てた計画を何一つ実行できなかったことを露骨に嘆いた。

「まことに申しわけない。鳳駕（天皇の馬車）に三間余りまで近づいたが警護の騎兵が直ぐ脇に落馬して一瞬気を取られ儂も転倒してしまった。不覚でした」と、弱り果てる正造に同情した半山は気を取り直して今後のことを示唆していった。

「何もしないより直訴を決行したことの価値は大きい。田中君、儂は既に明日の朝刊の一面に足尾鉱毒の責任は古河と癒着して黙認している国家にあると大見出しで書いておいた」と、言いながら謹奏状の原稿を担当した幸徳秋水に目を向けた。

「僕も既に原稿を各紙に送りましたよ。田中さん、直訴は天聴に達しなかったが必ず国民世論を動かすことになる。そうすれば政府も天皇も動かざるを得なくなる。これからです」と、秋水は笑顔ながら正造を見つめた。

（六）

正造が衆議院議員を辞して明治天皇に足尾鉱毒について直訴してから一年半が経過していた。敬三は八十路を超えていたが、実家大澤家の離れに居候しているカツに今でも仕えていた。といっても歳と共に病弱となり逆にカツが三度の食事から下《しも》の世話までして介護していた。それでもカツは敬三が傍にいて励ましてくれることが嬉しくありがたかった。遠く離れたところで鉱毒被害地復興と被害民救済実現のために闘い続けている夫を心の底から支えて待ち続けることができるのも、敬三のお蔭と考えたからである。時々二人で、いつ帰るか分からぬ主人について語り合うことが楽しみでもあった。カツが、天皇への直訴直後に書いてよこした正造からの手紙を読んで聞かせる度に、敬三は、

「旦那様は御自分を『あの時に死ぬべきはずのもので生きているのは間違いだ』と仰せですか。えらい人達が直訴は失敗だったと言っているとのことですが、おらはそう思いま

せん。あれ以来、折に触れて新聞が足尾銅山のことを大きな記事にしています。なんでも東京から一〇〇〇人を超える学生さんが足尾に押しかけ大変な騒ぎが起きたとも聞いております。旦那様は直訴のその場で警官か近衛兵にサーベルか槍で突き殺されて世の人々の注目を集め、足尾鉱毒の悪政を知らせようとしたのでしょう。しかし結果は、死なずに同じ効き目があったのですから成功と言えるのではねえでしょうか」と、驚くような広い情報と持論を展開し、カツに披瀝してみせたのだ。

「旦那様は、お上《かみ》から嬢ちゃんにとばっちりがこねえように配慮して、もはや自分を死んだ者のように言うております。しかし、これからが旦那様のほんとうの闘いでがす。今迄通り、いつまでも嬢ちゃんとおらが待つことにしましょう」と言いきってカツに大きな勇気を与えたのだった。

或る時、昔を振り返ってカツが夫婦のちょっとした内緒話を聞かせたことがあった。

「一度だけ旦那様が私に真剣に相談してくれたことがあってね」

「へい、どんなことでがすか?」

「あれは明治二十二年(一八八九年)に、あの人が長年主張していた国会開設が決まり、大日本帝国憲法発布式開催の知らせが届いた時だった。旦那様が栃木県議会の議長をしていたことで時の内閣総理大臣黒田清隆公から招待状が届いてね。旦那様の式典出席はすぐ決まったけど、翌日の祝賀夜会には黒田総理と滝子夫人連名で発布式出席者全員が夫人同伴で招待されたの。旦那様は困った顔をして『カツは如何にするか』と、相談してくれたのが嬉しかった。勿論、着て行くものもなし、旦那様に気苦労させるだけだから『体調不良に付き妻を同伴せず』と返事してもらいました。でも、私がそんな夢のようなもったいない御席に招待されただけでいい思い出になりました」

「へい、そんなことがありましたか。ところで嬢ちゃん、旦那様は今頃どこにおいでかの?」

「国会議員を辞職し天皇様に直訴してから後、谷中村の川鍋岩五郎さんの家を本拠地に構えていなさるが、普段はおそらく吾妻村や各地の被災者や支援者の家々を回っておいででしょう」

「そんなら誰かに頼んで、たまには家に戻るように手紙を届けたらどうでしょう?」

「旦那様はここで私と敬やんがいつでも待っておるからああして困っている人々を救うために身を捧げておられるでの。こうして私が四十年も待っておられたのは敬やんのお蔭じゃ、ありがたいことです」と、寝たきりの敬三の手を握り家族のように思う気持ちを伝えた。カツが嫁いで十一年目、姑サキを見送った時に支えてくれたのは敬三だった。十七年後に義父富三の死に水を取ったのも、その二年後に四十九歳の若さで死去した義妹であり親友だった原田リンの最期を不在の夫に代わり看取ったのもカツであった。その折々にも、そしてその後もカツを常に支えてきたのが敬三だったのである。カツは月に二度、夫の無事と共に敬三が長生きしてくれるように人丸神社に参拝祈願をし、自宅近くの阿弥陀堂には毎日、手を合わせていた。

「嬢ちゃんは子宝に恵まれず寂しくなかったかの？」

ある日、敬三が寝床から尋ねた。

「甥の定助（義妹リンの長男）夫婦が面倒みてくれたし、直訴後に里に帰るまでは養女のタケがいたから寂しいということはなかった。それに、長い間には、旦那様が今度はなにをなさるか楽しみのような心境になっておりました」

「そんならいいのですが、もし、おらがいなくなったら、どうか旦那様のいるところに行ってくだせい」と、言われたカツは何となく気になったがその場は黙っていた。ところがその翌日の早朝、容態が急変してこれが敬三との最後の会話になってしまった。

カツは敬三の忠告を守り翌年、正造が既に入居して残留組の住人と共に闘い続けている谷中村に駆け付けて同居を果たした。カツは自らの体調不良を押して現地を訪れる支援者の接待と案内を引き受けると共に、村民の支援に尽力して感謝されていた。しかし、夫は東京を始め各地の残留民支援の運動に駆け回り、仮の住まいに戻ることは稀だった。明治四十年（一九〇七年）になって残留民の家屋強制破壊が始まり家を追われると、住民と協力して建てた仮小屋に移り住んで夫を助けた。

「折角来て貰ったがここも危なくなった。儂は皆と共に最後までここに残り闘う。おぬしは義姉《あね》さまの家に転居せよ」と、否応なしに夫から告げられて再び夫婦は離ればなれに暮らすことになったのである。

それから五年、明治四十五年（一九一二年）七月三十日に明治天皇が崩御して時代は大正へと移った。明けて大正二年（一九一三年）になると間もなく正造は唯一残った自己所有の不動産を、予《かね》てよりカツの同意を得て決めてあった通り旗川村小中農教会に寄付した。そして、四月には正造最後となる大演説会を挙行し、意気軒昂を示した。その後も印刷費など運動費を調達するため精力的に活動していたが、ある日、佐野から谷中村への帰途、吾妻村下羽田の庭田清四郎宅に立ち寄ったところで倒れた。カツは田沼町の妹の嫁ぎ先に同居していたが知らせを聞いて駆け付けた。正造は腹部の激痛に耐えて穏やかな寝顔だった。木下尚江、島田宗三ら支持者と看護人数名が付き添っていたが、ようやくここで四十七年ぶりに夫婦二人きりの落ち着いた時間を持つことができた。

「カズ子」と、目を覚ました正造が呼びかけた。この数年来、たまに届く手紙にもカズ子殿と名前を違えて書いてきていた。

「カツです。おまえ様の女房のカツです。お忘れですか?」と、笑顔を近づけた。正造はつぶっていた眼を一瞬見開いてカツの顔をじっと見つめてまた目を閉じた。

「カツであったの。谷中村の衆と共に国家の圧政を正すために集中して闘っていたので妻の名前まで忘れたのかの。許せ」と、別人のように小さな声で詫びた。

「私は、おまえ様に嫁いで五十年になりますが一緒にいられたのは初めの三年だけでした。でも、おまえ様は私が考えた通りのお人でした。おまえ様ほど自分の信念を最後まで全うしたお人は古今東西、ほかにいないと感嘆しております」

「この五十年の間、儂が世の中の貧民に目を向けて闘いを続けて来ることができたのは、偏にカツが家を守り待っていてくれたお蔭じゃ」と、ふとんから手を差し出してきた。カツはその手をとり両手で包むように握って暫くの間そのままにしていた。

その数日後のこと、

「おぬしを他国に連れて行く約束を果たせず、それが心残りじゃ」と、正造が詫びると、

「いいえ、私はおまえ様にいつも新しい世界に連れて行ってもらいました。おまえ様が一人で大きな敵に闘いを挑む姿を手紙や新聞で知らされ、そして選挙で里帰りする度におまえ様から一晩中聞かせてもらいました。それはもう、私にとって夢の世界をみる思いでした」と、カツが笑顔で答えた。

「亡くなった敬やんも私と一緒におまえ様を待ち続けておりました。いつも『旦那様はお百姓を助けるために闘っていなさる。ありがてえことです』と、手を合わせておりました」

頷いた正造は目を開けて渡良瀬川の方向を見据えた。

「毒土の上に掘り返した土を被せて米や農作物が採れても何も解決したことにならぬ。毒土の土地を強制買収して住民を転居させても、遊水地を造り村人を追い出してもそれは国が為すべき本質を小手先でごまかしているにすぎない。儂が死んでも闘いは続く。鉱毒事件は国家的大犯罪である。人民を殺すような国家は亡びたも同然だ」と、低いが張りのある声でまるで聴衆に語りかけるように話すと、妻に手を預けたまま静かに目を閉じた。そ

して、

「まだ闘いは続く。カツ、これからはふたり一緒にのう」と言うと深い眠りに入って行った。

昏睡の中、正造はカツの手を引いて駆け回っている。自分は七十翁なのに妻は十五歳で嫁入りしたままの姿である。そこは昔、カツを連れて行くと約束した京都でも四国でも九州の地でもない。幼い時から名主時代に掛けて駆け回り知り尽くした近隣の野山だ。と、思ったらいつの間にか見慣れた田んぼの畔道を歩いている。足下の小川にはどこまでも透き通った清水が湧き出て砂が舞っているように見える。タナゴが川底で反転する際に桃色に光る背びれを見せている。小中地域の至る所で見ることのできる自然の恵みが二人を包んでいる。足を入れるとぞくっとするほど気持ちよく冷たい。振り返り見上げると目の前に富田村の大小山が聳えている。妻が頷いて頂上を目ざす意志を示した。言葉はいらない。次の瞬間、軽やかに頂上に立った。遠く、東京まで見えるようだ。

二人は繋いだ手を離すことなく自由な片方の手をそれぞれ横に広げ風に乗って空に舞い上がった。一つがいの鳥のように。

空から見下ろすと小中村の旧宅が見えてくる。懐かしい庭に立って父と母が見上げている。若いリンも傍にいて、その隣には敬三が両手を挙げている。

大きく旋回してから下石塚のカツの生家の上空に差しかかる。カツの両親と姉妹がこちらを指さして笑っている。二度回って目指したのは吾妻村の渡良瀬流域の懐かしい家々だ。全てが昔のままの美しく豊かな生きとし生けるものの楽園だ。笑顔の農民達の顔、顔、顔。

そこから渡良瀬川を眼下にして一気に上り、たどり着いたのは二人が人生の後半を捧げた原点の足尾だった。確かにそのはずだがそこは緑に覆われた山並みが本来の美しい姿で迎えている。あの忌まわしい鉱毒は人が、そして国家がもたらした災いによる仮の姿にすぎない。今、見えている足尾と渡良瀬川こそが真の愛する郷土なのだ。青空に真っ白な雲が綿のように浮かんでいる。そこに誘い込まれるように二羽の朱鷺が静かに入って行った。

正造が逝って十年が過ぎた大正十二年（一九二三年）の秋空はどこまでも澄み切っていた。この年は亡き正造にとって、また小堀鞆音にとっても掛け替えのない故郷の鎮守社、人丸神社開帳の年であった。今や日本の歴史画の第一人者として万人が認める大家となった鞆音はこの年をある特別な思いで迎えていた。

仲人親になってもらって以来、親交のあった尊敬する田中正造が明治三十四年

（一九〇一年）十二月十日、明治天皇に直訴を決行したその日、鞆音は予て正造夫妻に約束していた肖像画を描くことを断念したのである。しかし、この年の開帳に際し、祀り人である『柿本人麻呂公の図』を故郷の大勢の人々から依頼されるとこれを快諾し、ある思いを込めて制作したのだった。御開帳の日に先だって小中の住民に披露することになり、小中の誇りとする日本一の絵師が描いた人麻呂図を一目拝もうとする人々で神社の参道には数百人が列を作った。

その三日前のことだった。小中から一里ほど北にある田沼町の妹の家に引き取られていたカツのところに一通の手紙が届いた。そこには、御招待状と書いてあった。

差し出し人は小堀桂三郎とあった。日本一の歴史画絵師としてでなく、同郷の一人として、仲人親のカツにぜひ人麻呂図を先に見てもらいたいと書かれていた。カツは妹と共に人力車で指定された一般公開の前日、神社に赴いた。鞆音はカツ姉妹を丁重に出迎えて境内まで案内してくれた。そこは嘗て夫の無事と敬三や養女のタケの安寧を数え切れないほど祈願した懐かしい水清き場所だった。

「正造翁を描く約束は果たせませんでした。しかし、この人麻呂像をご覧になればカツ夫人だけには分かる筈です」と、恭しく布地を取り払った鞆音に促されて拝むように眼を人麻呂像に向けた。どのくらい時間が過ぎたろうか。カツの目から大粒の涙が溢れていた。（おまえ様、人麻呂公の中に描かれて幸せですね。日本一の美しい姿ですよ）と、心の中で亡き夫に語りかけた。

〈参考文献〉

「予は下野の百姓なり―田中正造と足尾鉱毒事件　新聞でみる公害の原点―」
下野新聞社　編／下野新聞社
「田中正造物語」　下野新聞社　編／随想舎
「愛の人　田中正造の生涯」　花村冨士男　著／随想舎
「田中正造と天皇直訴事件」　布川　了　著／随想舎

春の風

はるのかぜ

（一）

駕籠に見立てたリヤカーに乗った女は、風が運んでくる山桜の花弁が舞い降りて頭や肩に吸い寄せられたようにくっ付く一枚一枚を不思議そうにじっと見ていた。女の名は貴子という。元女中で乳母だったキヨからは、亡父の親友である医師を見舞うために出かけて行くものと説明されていた。家を出て東の角を右に曲がり土手伝いに一〇〇メートルほど行くと、秋山川の堤防に上る河川管理道路が緩やかなカーブを描いていて女達を招くように心地良い春風がやさしく吹き上げていた。ようやく登り切った所で息を切らせたキヨが一休みするのはいつものことだった。キヨは、平らな場所に止めたリヤカーに敷いた茣蓙の上で草臥《くたび》れたように見える薄っぺらな座布団に正座する貴子に声を掛けた。

「姫さん、今日は天気も良く河原の景色も春らしくなりやんしたね」

聞こえていても返事をしないのはこの主従における長年の暗黙の了解だった。キヨが額に軽く滲んだ汗を手拭いで拭いて青空を吸い込むように大きく深呼吸してから、隣町にある藤川病院を目指してリヤカーの取っ手を掴み下腹に力を込めて歩きだした。

「よいしょ。さあ、姫さんのお通りだ」

通院し始めの頃は一般道路を利用していた。舗装していないところがあって、自動車が通る度に貴子が埃を被ることになるという理由で堤防の土手を利用することにした、と貴子に言い聞かせていたが本当のわけはほかにあった。

「あ、小見のきちげ（気違い）姫だ。わーい、きちげ姫」と、心ない子ども達がリヤカーについてきて囃し立てることがあった。それを見る大人達の中にも好奇の目で追う者がいた。

「こらー、おめー達。どこのガキだ。承知しねーぞ」と、キヨがリヤカーを止めて手を振り上げて追いかけると「きゃー、おっかねー」と言いながら一目散に逃げてゆく。それとは異なるが、かつて小笠原家より小作農地を譲ってもらったお百姓の中にはリヤカーの貴子を見つけて「姫さん、これを食べてくんなんしょ」と、自家製の干し柿や田舎まんじゅうを新聞紙に包んで差し出してくる者もいた。リヤカーに鎮座する貴子は、そうした場面に遭遇しても自分に関わりがないという風情で眺めているだけだったが、キヨは通院のための道順を人目につかない土手の上に変更した。大恩ある小笠原家の姫がガキどもに気違い呼ばわりされることが許せなかったので、坂の上り下りを考慮しても変更して良かったと思っていた。それ以降、通院の道路となった土手は、農繁期になるとリヤカーや荷馬車が往来するため両側に輪立ちができて真ん中が盛り上がって残っている。これが却ってリヤカー道中の歩行を歩き難くしていて、ほぼ直線で三キロ足らずの平坦な片道に一時間余りを費やす原因になっていた。それでも農繁期以外の時期は人の往来が殆ど無いので人目を憚らず闊歩して行けることがキヨを満足させていた。

月に二度、天気の良い日を選んで藤川病院に通い始めてから一年が過ぎた。春と秋の晴れた日はいいが、時おり急変する夏の雷雨や寒い冬場の俄か雪の場合は、キヨが破れ傘を貴子に持たせ、炭坑節を歌って聴かせると貴子はきまって笑顔になり拍子をとる仕草を見せるのだった。反対に傘が不要な時は風景を楽しむには歌がうるさいのか、貴子が不機嫌な顔になるので歌わないことにしていた。この日も、農民の通路として黙認されている堤防道路から下るためにもう一度河川管理道路を経由し、乗合バスやトラックが通る度に土埃が舞い上がる未舗装の市道に出て進むと五分ほどで病院前に到着した。

すると、『藤川病院前』と、丸い看板に書いてあるバス停脇に二メートルほどの竹を持った、一人は十一、二歳でもう一人は十五、六歳にみえる少年が側の木製ベンチに腰掛けていた。二人はリヤカーの到着を確認すると、スローな動作に見える割にきちんと立ち上がり横並びして長い竹の一方の端を地面につけて槍を持つような姿で頭を下げた。駕籠ならぬリヤカーの乗客に恭しく「姫さん、こんにちは」と挨拶し笑顔で迎えた。

「民やん、久太郎、今日も出迎え御苦労さん」と、キヨが二人をやや鷹揚に構えて労ったが貴子は二人にだけ通じる笑顔で（二人とも元気にしていましたか？）と、伝えた。出迎え役の少年達はリヤカーを先導して長竹を小脇に抱え病院の玄関に向かって歩き出した。

四人が院長室に通され暫くすると、

「こんにちは、貴子姫。お父《とう》様とお母《かあ》様はどうかね」と、主治医の藤川院長が大きなお腹を揺らしながらやってきて亡父と亡母が生きているかのような話し方でいつものように尋ねた。これは貴子の病んだ心を親身になって治療する医師と患者との間に成立した架空の世界のことだった。

「父様も、母様も元気、先生も元気」と、貴子が独特な言い回しで遠くを見ながら言った。（父も母も元気です。私は両親の代理として先生を元気にするために見舞いに来ました）と、患者の言いたいことを主治医はそう理解した。

「そうだったね。ありがとう。今日も貴子姫にいろいろな話を聞かせてもらうのを楽しみにしていたよ」と、言ってから二人きりで診察のために隣の部屋に移動した。四十分ほど経過して戻ると院長先生はいつものように病院敷地の外れにある、児童精神疾患介護施設どんぐり園に貴子の手を取って歩いて行った。それに従うのはキヨと二人の園児だった。

（二）

貴子の母妙子は、夫の死後五年にわたり、親友で精神科医師の藤川院長に重度の自閉症の一人娘を預けて治療を託し、自らは病院の近くに借家して昔、嫁ぐまで勤務していた教職に復職し毎日、貴子を見舞いながら生活を両立させていた。しかし、一年前に肺癌と診断されて入院加療中の県立病院から藤川院長宛によこした手紙にはこう書かれていた。

『主人が自殺してから五年の間、更に心の病が重くなった貴子を先生にお預けして治療して頂きながら私なりに頑張ってまいりました。でも、もう長くはありません。私が亡き後のことは、先生も御存知の、昔の雇い人で貴子の乳母だった林キヨとその夫で小作人だった啓助が引き取り、世話をしてくれることになりました。幸い、二人には子どもがおりません。僅かですが二人には私が持つ金品の全てを預けて貴子を託してあります。先生におかれましては、通院になっても貴子が生きて行けるように、お助けください』

それから半年後、妙子が亡くなり貴子はキヨと啓助に引き取られ、通院を始めてしばらくしてから院長は不思議な光景に出くわすことになったのである。

貴子は、終戦まで大地主でこの地域の大富豪と謳われた父が、女学校の教師だった美貌の母を見染めて結ばれ、二人の間に生まれた一人っ子だった。物心がつく頃から自閉症で両親と乳母と一部の人以外には心を開くことのない子どもだった。富豪の娘が持つ気品と母譲りの美しさから小笠原家の姫さんと噂されたが、学校に行くこともなく成長し、限られた世界に閉じこもり特異な人生を余儀なくされていた。終戦の大激変で富豪の父は没落し、後にこれを悲観して首を吊って自殺してしまった。五年後に肺癌で母親も亡くなってしまったが、貴子の世界では二人とも未だ生きているのだった。

病院前のバス停付近には、二時間に一度停車するバスを見にやって来る、どんぐり園の園児の姿があった。ある日、通院する貴子とキヨの到着を出迎えた院長は、二人の園児が玄関の手前で生き生きとしてあの貴子と対話している姿を見て目を見張った。これが全ての始まりだった。

「今日は民男と久太郎が姫を出迎えてくれたのけ、貴子姫も御機嫌さんだね。キヨさん、これからは二人にいつもそうしてもらったらよかんべ」

「タミとキュウ。私を守る」（私が院長を見舞いに来る時は二人が私を守るの。ずっと前から決まっていたの。キヨ、そうでしょ）貴子の言葉をキヨはこう理解して二人に命令した。

「院長先生が薦めてくれたので民やんと久太郎は今日から姫さんの家来だぞ。家来らしくするんだぞ」と言って頭を下げさせた。すると、普段あまり口を利かない二人が、「姫さんのケライ」、「姫さんのケライ」と、言いながら貴子と三人で取り合った手を上下に振って喜びの仕草を見せたのである。傍から見ればその会話は正常な会話には程遠いが、同じ心の病を持ち、それでいて純真な目を保有する友達との出逢いを遠い空の上から見つけたかのように掴もうとしていた。

藤川はこの日を境に貴子と二人の精神障害児童とのふれあいが何らかの事情で自閉症患者の心の病を改善したのかと考えて様々なテストをしてみた。しかし、精神医科学的にはこれまでと比べて大きな変化はなく、データ上では改善の兆しは見られなかったのである。

通院を開始してから二度目の春が過ぎて初夏になった。この頃、院長は家来の民男と久太郎に、姫さんのお迎えとお見送りの道中に限って外出の許可を与えた。いつもの緩やかなカーブを上り切った土手の上で二人は長竹を大事そうに持って待っていた。

「民やん、久太郎。お迎えご苦労さん」。キヨの労いの挨拶が終わるか終わらない内に二人の家来がリヤカーの両側に立ち、キヨに代わって「姫さんのお通り」と言って出発するようになっていた。貴子は家来という愛称の親友ができて以来、キヨと久太郎それに民男に対して人が変わったように接し、会話が弾み、心配りさえ見せるようになった。

通院の際に着る貴子の外出用衣装は母が残してくれた年代物の絹の上物で、夏物二着と春秋もの二着と綿入れ一着の計五着だった。元もとが年代物だから上等品であっても徐々に古びてすり切れ始めていた。貴子の亡母妙子から預かった金子《きんす》は半分程度に減っていた。それでもキヨは貴子を大切に守っていた。「預かり金が二～三年後に無くなっても、うちの娘として大事にしてやるべぇ」と、キヨと夫の啓助はそう決めていた。

半年後、晴れてはいるが年末近い寒い日の午後、姫さんのリヤカーが二人の家来に守られ、頼れるキヨの太い腕《かいな》によって引かれて小見の住まいに向けて家路を少し急いでいた時だった。河原の枯れススキの間から三頭の大きな野犬が土手を登り、一行目がけて走ってくるのが見えた。初めに気づいたのはキヨだった。リヤカーを止めて姫を背負った。

「民やん、久太郎。野犬だ。敵の襲撃だ。槍を振り回して敵を追っ払え」と、叫んだ。

二人はことの成り行きもこの先の結末も全く理解できなかった。しかし、敵が姫を襲うことを言葉でなく、キヨの表情とその背中から自分達を凝視する貴子の目によって分かり、家来としての任務を身体が先に認識した。うなり声を上げて襲ってくる敵に向かって長竹を振りかざし、「姫さんのケライ。姫さん、守るぞ」と、叫んで年長の久太郎が立ち向かった。野犬の習性からか、三頭が一人を襲った。一番大きい茶色で秋田犬の雑種と見られるボスらしい奴が後ろから久太郎の左足のふくらはぎに噛みついた。傷は深かったが、久太郎は噛みついているボスの頭を長竹で叩きわるほどに何度も振り下ろした。「ギャイーン」と悲鳴を上げて逃げるボスを見て、家来の犬めらも河原に群生している枯れススキに逃げ込んだ。民男は引きつった顔でその後を追いかけようとしてキヨに止められた。近づいた姫はそれまで見せたことのない優しい顔で目に涙を浮かべて血に染まる久太郎の左足を撫でていた。

「タミとキュウが私を守った」。心の病に微かな変化が現れた瞬間だった。

野犬の襲撃を撃退した事件以来、民男と久太郎に対する貴子の態度が明確に変化を見せていた。

「キヨ、私、病院、病院（に行きたい）。タミとキュウに会う」

「姫さん、天気さえ良ければ今度は来週の火曜日に行くことを先生と約束したのをお忘れかね?」

「タミとキュウ、私を待っている。会いたい」と、何度かキヨに言っては目を南の方角にむけたままにしていた。すると、その姫の思いは風と共に発信し、家来達の特殊能力によってキャッチされ通じていた。

「あっ、姫さんが俺達を呼んでいる。俺、飛んで行って見てくっからな」

そう言うと、目をつむった久太郎が手を左右に広げ、鳥のように空高く舞い上がったかのように北に傾いた。

「キュウちゃん見えるのけ?」と、民男が声を掛けても久太郎は一向に反応せず、飛び続けているようだった。間もなくして、今度は貴子の家の肘掛椅子の肘の部分に水平になって翼を僅かに上下し、膝を折って着地した。

「姫さん、会いにきた。タミと二人で今度の火曜日に迎えに来るよ。待っていてくんな」

と言い、貴子が頷いて(私、タミとキュウが来るのを待っている)と答えたのをキャッチすると、今度は南の方向に向きを変えて飛び立った。空想の飛行によってまっしぐらにどんぐり園に着いたのか、膝から着地して暫くして目を開けると久太郎は、

「姫さんが喜んだぞ。俺達の迎えを待っている」と、嬉しそうに民男に報告したのだった。

藤川精神病院付属の児童精神疾患介護施設どんぐり園に入園している児童には、軽度の精神障害や疾患を有する子どもが多い。民男の場合、藤川院長は選択性緘黙《かんもく》（口を閉ざすこと）という疾患の一つと診ていた。ところがその民男に医学で説明できない、ある隠れた特異能力があることを発見したのだ。本人は、学校などの社会的場面で話すことや団体行動をすることができない症状を見せながら、その一方で精神障害を持つ児童達の誰からも好かれる子どもだったのである。施設の子ども達は皆、民男のすることが嬉しくてたまらず大好きなのだ。民男に言われたことには園児の殆どが素直に従う。民男が外出し、貴子の家近くまで迎えに出る時には、どんぐり園の患者の児童の内で比較的軽度の少年少女十名が揃って玄関から少し離れた門のところまで見送りに出て、戻ってくるまで待っているほどだ。院長は治療と並行してこの不思議な現象を検証すればするほど、何がそうさせるのか誰にも説明することが不可能な未知の力に思えてくるのだった。

また、久太郎の方は同じ精神障害でも一定のことに拘り、空想の世界に没入するアスペルガー症候群の一種と診られていたが、こちらもユニークな現象で不思議な力を秘めていることを院長が発見し、研究していたのである。久太郎は自分が鳥になって空を飛ぶことができると固く信じている。それだけなら似たような思いこみの患者はほかにもいるのだが、彼は必要なら行きたいところに空を飛んで行き、それを見たとおりに絵に描いて見せるのだった。院長は初めのうちは信じられなくて幻想と妄想がそうさせると考えた。しかし、久太郎が飛んで行ったという場所を言うとおりに検証してみたところ、正に見た者でなければ描けるはずのない鳥瞰図だったことから、徐々に精神医学でも説明できない特殊な能力を持っているのではないかと考えるようになっていたのだった。そこは本人が一度も行ったことのない母親の故郷にある大阪城であったり、院長の母校である大学の庭園であったり、国立図書館の内庭だった。

翌週の火曜日はあいにく朝から雨模様であった。

「姫さん。今日はこんな天気だから藤川病院に行くのをやめべぇかね。先生に電話してそう言って日延べさせてもらいやんしょう」

普段の貴子なら何も返事をしない代わりにそれが了承を意味していたが、この時は違っていた。

「タミとキュウが迎えにくる。それに藤川先生が呼んでいる」と、どうしても行くと繰り返すのであった。

「分かりやんした。郵便局の公衆電話から先生に電話して、それで先生が今日来なさいと言うんだったら二人で雨合羽を着て、その上に姫さんは傘を差して行くしかなかんべね」

半ば諦め顔のキヨが貴子の手を引いて家を出ると、家の外に民男と久太郎がやはり雨合羽を着て、傘を差したもう片方の手に長竹を持って立っていた。

「二人してここまで迎えに来てくれたのけ？　こんなに濡れて風邪をひくぞ。さあさ、中に入って着ている物を乾かしな。私は藤川先生に電話をしてくっから、姫さんと待っているんだぞ」と、二人の濡れた着衣をかまどの近くで乾かす段取りをしてから郵便局に向かった。

「キヨさん、雨が降っているから来週に延ばしてやりてぇけど、来週は学会があって当分診察が難しくなる。それに、今日は民男と久太郎を入れた実験と検証をしてみたい。キヨさんから報告されている、例の久太郎と貴子姫が離れていても交信して話ができる互いの特殊な潜在能力をこの目と耳で確認したい。今後、民男を含めた三人の交流を通じて自閉症の子ども達の治療に役立てたいと思ってね。無理を言って申しわけないが二人に脇から傘を持たせて来て貰えないだろうか」と、来院を依頼されてしまった。キヨは恐らく院長がいつものように笑いながら「来週にすべぇ」と言うものと思っていたが、貴子の言う通りになった。

貴子にはゴムの雨合羽を二重に着せて自分達もできる限りの雨支度をしてから、いつものように二人の家来の掛け声で秋山川堤防の土手街道を出発した。これまで朝から雨天の日には通院したことが無かった。帰り道で悪天候に遭遇した際にだけ歌う炭坑節を今日は雨の往路でこれまでにない大きな声で繰り返し歌った。二人の家来は竹槍をリヤカーに積んで、それぞれ外側の手で傘を貴子に差して、空いた手でリヤカーを押してキヨを助けた。雨に打たれても貴子は上機嫌でこの日の一行は不思議なほど充足感が溢れていた。過日の野犬の敵襲と同様に、悪天候という障害がこのチームの結束を強くしていたのだ。

「雨の中をキヨさんに無理を言って来てもらって申しわけなかったね。今日は、普段の診療ではなく、私の目前で、姫が遠く離れたところから久太郎と交信する様子とその時の心身状態をチェックさせて貰えるだろうか?」

「先生、分かりました。久太郎はこれまで病院と私の家に鳥のように何度も飛んで来て姫さんと話しました。初めは信じられねえことだったけど間違いねぇです」

「では、診療室で貴子姫と二人で準備するから、キヨさんは雨の中すまねぇけど、久太郎を連れて誰にも告げず今まで行ったことのない場所に移動して一時間後に久太郎に交信させてくださ い。何を話すか一切を本人にまかせてね」

キヨは民男をどんぐり園に残し、二人で病院を出て小雨が降り続く市街地の高台にある城山公園に向かった。眼下に国鉄両毛線佐野駅を見下ろし、碁盤の目のように区割りされた街並みを眺望する城趾は桜花の名所として花見客で賑わうことで知られているが、キヨも久太郎にも今までその機会が無かった。院長の指示通りに、一時間後に公園の休憩所で久太郎が目を瞑って集中し、鳥になって風に乗って貴子のところに向かった。

この時間、病院では院長が貴子の様子に注意していた。

「キュウ、どこから飛んできたの。シロヤマってどこ？ そこでキヨと何をしてる？ 私は院長先生とお話ししているよ。私はキュウとタミに逢ってからいろいろ分かってきた。キュウは鳥になって私のところに飛んでくる。タミは大勢の友達を動かすことができる。二人が私を守るからキヨも安心。シロヤマに戻り早く病院に帰ってきて、どんぐり園の子ども達と遊ぼうね」

傍で診察している院長には、鳥になった久太郎と話をしている貴子が嘗ての自己のみの世界から今、生き生きと現実の世界を発見している様子が見えてきた。

「貴子姫、久太郎はもうキヨさんのところに戻ったのけ?」と、確認した。

「ええ、キュウは飛んでいった。キヨと帰ってくる」と、笑顔で答えた貴子の表情は自己のみの世界で生きてきた以前と全く違い、徐々に現実の世界で生きる一人の女性に変化していることを伝えていた。藤川は医師としての手応えと共に人間として感動を覚えたのである。

（三）

『もはや戦後ではない』という言葉が流行した昭和三十年頃から日本経済は輸出を柱として右肩上がりの成長を遂げ、庶民生活にも少しずつゆとりができていた。

この年の夏、旧盆休暇に合わせ秋山川下流の河原において商店会主催による花火大会が開催された。三〇〇〇発の打ち上げ花火と一〇セットの仕掛け花火大会はイベント規模としては決して大きくはなかったが、娯楽に飢えていた庶民にとって夜空に浮かぶ大輪に心が弾み、気持ちを明るく豊かにする効果があった時代である。

「キュウは今日も鳥になって私のところに飛んで来てくれた。今夜、遠くの河原で花火があるから一緒に見ようと言ってきた」

「姫さん、今夜、堀米の河原でやる花火のことだんべ。新聞に出ていたよ」

既にキヨは久太郎と貴子が離れていても意志を通じあえることを当たり前のように信じ

ていた。キヨの亭主が加わり、院長の許可が出てやってきた二人と合流し、五人で蚊取り線香を焚いて遠い夜空に繰り広げられる色とりどりの天体ショーを楽しんだのだった。赤、青、黄色、橙色、緑の大輪が次々に放たれ、美しい大輪を開いては消えてはまた開く。

「姫さん、花火ってきれいだね」

キヨと亭主、それに二人の家来が代わり番こに何度も貴子に声を掛けてくる。

「花火、きれい。キヨ、父様や母様にも見える」と、その度に独り言のように語る貴子だったが以前とは違い、その目は現実を見る目になっていた。

貴子は久太郎と民男の二人と交流が始まってからこれまでの二年の間に、まだ一部の人に限られているにしても通常の会話ができるほど心を開き、現実の世界を受け入れていた。それは言葉だけでなく、感謝や喜びの表現であったし、時として涙を浮かべて人を思いやるような感性の変化だった。

「キヨは私のお姉さん、いつも私を守ってくれる。ありがとう」

少々間《ま》はずれているにしても、時々こうして感謝を伝えることが増えていた。

「姫さんは、あの二人と友達になってから変わりなすったね。院長先生は、姫さんがもう病人ではなくてこれからいろいろな社会の出来事に揉まれて学習してゆくことで適応力が増してくると、言ってくれた。きっと、極楽にいる旦那様と奥様も喜んでいるだんべ」と、その度にキヨは感涙に咽せんでいた。機が熟したと判断したキヨは院長と相談し、貴子に大事なことを繰り返し伝え理解させようとしていた。

「姫さん、又、旦那様と奥様のお墓参りに行きやんしょう」

この一年の内に四度も墓参りに連れて行き、両親は既に亡くなり墓の中で眠っていて魂は極楽浄土にあることを説明した。菩提寺の本堂に掛けられている極楽曼荼羅図を指さしながら、両親はもとより生きている人間、さらに命ある全てのもの達がやがて死によって別れることを説明して諭した。

「父様も母様も死んで極楽浄土から私を守っているとキヨがいつも言う。先生もそのことを知っていたの?」

「ああ、知っていたよ。でも姫がよく分かるようになるまで待っていたのさ。お父様もお母様もきっと喜んでいるよ」と、院長は定期診察と治療の度に症状が改善し成長する貴子と話を交わすことが楽しみになっていた。それに連れて通院の際には往復のどちらかを車の少ない農道に変更し、すれ違うお百姓と挨拶を交わすようにした。貴子は道中のリヤ

カーから降りて、送り迎えの久太郎と民男と手をつないだりして歩くように変わってい
た。それでもキヨは念のためいつもリヤカーを引いて直ぐ後ろについていた。それは、
いつしか通院に限らず徐々に貴子と久太郎、民男三人の社会復帰に向けた勉強の様相とな
り、向かう場所も増えて行った。早春のある日は小中の人丸神社に行き、鯉に餌を与え、
お参りをしてキヨ手作りのおにぎり弁当を満喫した。桜花満開の日には富田の大小山の麓
に花見に出掛けた。夏には赤見町の出流原弁財天に参拝し、その足下に佇む弁天池の冷泉
に涼を楽しんだ。秋には唐沢山の麓で栗拾いを楽しむこともあった。院長はこうした行動
が三人の病を癒やしていると診断し、さらに奨励した。

キヨの夫、啓助は貴子の亡父から小作として借り受けていた農地をただ同然で手に入れ
ることができたのは「小笠原の殿様のお蔭」と言うのが口癖だった。キヨと啓助はその恩
返しのために、もらった田圃の農作業に励む一方で、貴子を養育し、実の両親のように
慈しんだのである。キヨ夫婦と貴子、それに家来の二人にとって和やかで穏やかな日々は
これまでで最も幸せに思えたが、久太郎が年齢制限によりどんぐり園を退園し、栃木の生
家に戻らなければならない時が来年に近づいていた。そうした深秋のある日、夕暮れ少し

前のことだった。遠く南の方から半鐘の音が聞こえてきた。貴子が外に出て南の空を仰いで見ていると東から、続いて西からも各町内にある火の見櫓の半鐘がけたたましく鳴り響き、これに呼応した消防自動車が何台もサイレンを鳴らして堀米町方向を目指していた。みるみる空が赤く染まる様子を見ていた貴子は一瞬（きれい、花火？）と、思ったが次の瞬間、ある不吉な現実の予感に悲鳴を上げた。すると、久太郎が鳥になって交信してきた。

（姫さん、病院が火事で燃えている。どんぐり園も危ねぇ。どうすればいいか教えてくんな。）

差し迫る危機に貴子は常人以上に素早く反応した。

「キュウ、タミを先頭にしてどんぐり園の全員を外に連れ出して河原の土手に行きなさい。何があっても振り向かず一人残らずいつもの土手でじっとしているの。私とキヨが助けに行くまで、そこで待ちなさい」

言い終わると、半鐘とサイレン、それに貴子の悲鳴を聞いたキヨと啓助が走り寄ってきた。

「病院が火事。キュウとタミがどんぐり園の子ども達を河原の土手に連れ出してくる。私、助けに行く」と、半狂乱の貴子が言い放つとキヨが大声で怒鳴った。

「姫さん、落ちつきな。先ず、靴を履いてこれを着てリヤカーに乗るんだ。さ、姫さんのお通りだよ。あんた頼むよ」

キヨの素早い対応に亭主も応えた。

「おう、任しておきな。さあ、姫さん、出発だ。よく掴まっているんだよ」と、三キロの道を走り出した。既に物見高い火事見物の野次馬が堤防の土手伝いに出始めていた。そこを大きな声で啓助が、

「おーい、人助けの車が通るぜ。どきな、どきな、それそれ、姫さんが通るぞ」

後ろを押すキヨも負けずに、

「よけないと危ねぇぞ。こちとら人助けの車だよー。どいておくれー」と、大きな声で叫んで通り抜けた。リヤカーにしがみつきながら貴子は、久太郎と民男に通信し続けた。

「キュウ、タミはみんなを土手に連れ出したか？　無事か？　私が助けに行く。キュウ、答えて」

涙を流している貴子はこの世の中で最も大切な仲間を失うかも知れない危機を自分なりに精一杯に乗り切ろうと必死だった。半道まできた時だった。

(姫さん、今、土手の下にきた。タミが、どんぐり園のみんなを連れ出してみんな無事。

姫さん、早く来てくんな。)

　近づいて見えてきた藤川精神病院の本館と女子病棟からは幾分下火になったとはいえ、時々真っ赤な炎が燃え上がり夜空に火柱を噴き上げていた。息を切らせて貴子を乗せたリヤカーを引く啓助と後ろから押すキヨの行く手に、見慣れた二人の姿が現れて竹槍を通せんぼのように広げていた。止まったリヤカーから飛び降りた貴子は二人の肩を抱くようにして、

「二人ともよくやった。それでこそ私の家来だ。みんなは何処?」

　指さす二人が慌てて後を追うほど素早く、キヨ夫婦と貴子が土手の下にいる園児二十名のところに転がるように駆け下りた。燃えたぎる火炎から一〇〇メートルほど離れているはずなのに夕闇の中でも園児の顔が赤く反射して見分けることができた。貴子は後からついてきたキュウとタミを従えて一人一人の名前を確認しながら全員を抱きしめて歩いた。

　この火災により藤川精神病院本館と別館重症患者棟、それに隣接する女子棟の三棟に加えて久太郎と民男のいる『どんぐり園』も全焼し、別館焼け跡から患者三名の遺体が発見され、その他に介護士二名を含む重軽症者は十六名を数えた。その後の警察と消防の調査

により、火災の原因は快方に向かっていた患者の内で社会復帰の練習として日常の食事準備などの作業を認められていた男性患者が隠れてたばこを吸い、ゴミ箱に投げ入れた吸殻から燃え移ったものと判明した。重症患者棟では一部の部屋に限り施錠してあり、火の回りが早かったため、解錠する前に建物が火の海にのみ込まれてしまったのだ。翌日の栃木日々新聞には一面の半分余りを使って、藤川院長の管理責任問題と病院の復興を求める各界のコメントが大きく報道されていた。そして、一面の残り半分は、

『奇跡の救出劇。この悲劇の中で類焼した児童精神疾患介護施設どんぐり園から元自閉症患者の女性と施設の園児二名が、二十名の園児を奇跡的に安全な場所に連れ出して救出した』と、写真入りで報じていたのである。久太郎と民男は助け出した園児二十名と共に市が運営している老人コミュニティセンターに介護士二名に付き添われて移動した。

「みんな、よくぞ無事に逃げ延びてくれたね。貴子姫とキヨさん夫妻、それに久太郎と民男に心から感謝しているよ。本当にありがとう」と、一睡もせずに煤だらけのまま患者の救出と移転先の手配に追われていた藤川院長が園児を見舞いに来て涙ながらに幾度も頭を下げた。

「院長先生、キュウとタミがみんなを救った。先生はこれからたいへんだけど病院を元通

りにしてください」

貴子はこの火災から園児救出劇を通してさらに一段と心の病を拭い去り、現実を見る目を確実にしていた。

「ありがとう。私は、火事の管理責任を明らかにすること、被害者の補償問題、それから病院の復興に向けた段取りをして行かねばならない。並大抵のことではないのは覚悟している。しかし、貴子姫達が最悪の火災の中で二十名の園児を救出してくれたことが大きな力と勇気を与えてくれた。必ず君達の恩に報いて病院とどんぐり園の再建を果たして見せます」

救出劇の功労者五人と握手する藤川院長は力強く誓ったのである。

（四）

国鉄両毛線佐野駅前には、昭和二十九年から街頭テレビが設置されていた。その前の年にＮＨＫ総合テレビが開始したのに続いて、同年、民報の日本テレビ放送網が開局されてまもなく全国の市街地約一〇〇〇カ所に設置された内の一つだった。全国各地のこの小さなテレビから新しい時代を告げるスポーツ、芸能界のテレビスターが誕生し、日本中に興奮と歓喜、そして感動や情報を届けていた。その後、テレビが猛烈な勢いで全国の一般家庭に普及していた折も折、画像は、北関東のこの小さな市で起きた精神病院火災事故から二十名の精神障害児童が他の園児二名と元患者の女性の機転で全員無事に救出されたことを連日報道していた。貴子と介護人のキヨ、そして二人の家来、久太郎と民男にはテレビ、ラジオ、新聞、雑誌などの取材が押し寄せた。中でもテレビドキュメンタリー番組のインタビューの反響は想像をはるかに超える大きさだった。

「小笠原貴子さん、昔は重い自閉症だったそうですが、どうやって克服したのですか？」

「私を守ってくれたのはキヨと啓助。二人のお蔭で、母が亡くなっても継続して藤川院長の治療を受けられました。それがどんぐり園の入園児童のキュウとタミとの出逢いに繋がりました。キュウは行きたいところに飛んで行けて、離れていても私と交信できます。タミは心の病を持つほかの子ども達から信頼され、言うことを聞いて貰えます。先日の火事の際に、どんぐり園の園児二十名を助け出せたのも藤川院長が、普段からキュウやタミの特殊能力を信じて発見し引き出してくれたからです。私の心の病は院長先生とどんぐり園のみんなのお蔭で癒されました。病院が早く元通りになれるように全国の皆様に協力をお願いします。私は、これからキヨとキュウ、タミと四人で県内の心の病気を持つ子ども達を訪問し、少しでも癒やしてあげることにしています。どうか、応援してください」

全てのメディアからこのメッセージが全国に流れると間もなく、放送局に寄付の申し込みが殺到した。そして、自閉症などの障害を持つ児童の父母達から激励と感謝と問い合わせが一〇〇〇件以上寄せられた。これがきっかけとなって半年の間に、藤川院長の責任を追及する声はおさまり、病院復興支援が本格化して行ったのである。

県内には心に障害を持つ児童施設は精神科病院付属の二カ所のほかに、公的施設が四カ所ある。藤川院長が名づけた『どんぐり姫応援隊』の激励訪問の要請は五カ所を数えた。佐野市の福祉課が検討した結果、最初の訪問先は最短の場所にある『あすなろ学園』に決まった。そこは当時の田沼町から二十キロメートル離れた藤岡町にあり、三十二名の児童が待っていた。訪問の日程が決まった頃、キヨが一人の小柄な男を連れてきた。

「姫さん、これは私の腹違いの弟で西条常蔵といいます。弟は馬三頭を持ち、昔は小笠原家に納められる小作米をお屋敷の米蔵まで運ぶ仕事をしていたけど、旦那様が亡くなってからは主に農耕馬や砂利運搬の仕事をしておりやんした。でも、この頃は大きなトラックが主流になって馬引の仕事が少なくなりやんした。姫さんには、もう私のリヤカーは必要ねぇけど、近場で移動する際には弟の荷馬車を使ってやってください。弟は幼い時から知的障害で学校にも行けなかったんです。でも私の父やんが馬引で、しょっちゅう弟を荷馬車に乗せていたもんだから、常蔵は馬に癒されて育ち、大人になってからも足りないながら仕事をすることができたのです。弟は殆ど人と話さないけど馬となら話が出来ます。姫さんが今後、常蔵のような知的障害のある大勢の子ども達のために活動なさる時にどうか馬と一緒にお役に立たせてください」

キヨは、肥り気味だがこれまで病気知らずだった。しかし、貴子が家来二人と歩いて外出するようになる頃から時々激しい頭痛に襲われて、リヤカーで付き添うことが辛くなっていた。このため、異母弟に言い含め貴子が徒歩で行けない処に行く場合は自分に代わって馬車で送迎することを了解させていたのだった。戦時中の東京世田谷に小笠原家の別邸があった。貴子の亡父から依頼された常蔵は、米空軍によって爆撃されている戦火の中を馬車で世田谷から佐野まで二日掛けて走り抜け、家財道具を運び出したことがあった。人とは言葉を交せなくても、主人に対する忠誠心と行動力、そして愛馬と話が通じる特殊能力は亡父から高く評価されたと、キヨから貴子に伝えられた。そこで、障害を持つ児童施設訪問の企画が始まるのを機会に、随行スタッフとして久太郎と民男に加えて常蔵とその愛馬を組み入れたのだった。

「ツネゾウが馬を愛し信じていることを馬達が一番知っているのですね。これからは子ども達がツネゾウの馬に触れて癒されることを願っています。今度のあすなろ学園慰安訪問の時には遠いけれど、私と一緒に行って園児を馬車に乗せたり触らせてあげてほしい」

体調不良でキヨが行けない代わりを務めることを、本人の常蔵が一番喜んでいることを何よりもその笑顔が証明していた。

一カ月後、栃木日々新聞と民放テレビの企画で、あすなろ学園訪問に貴子と久太郎と民男の三人が招かれた。三人は当日、役場のバスが迎えに来て午前十時に現地に到着した。キヨの異母弟常蔵はそれより一時間前に馬車で到着し準備を整え、貴子達どんぐり姫応援隊の到着を待っていた。一行が到着すると、あすなろ学園の園児達が笑顔で迎えていた。

「みんな、こんにちは。待っていてくれてありがとう。今日は、みんなの心を癒してくれる友達を連れてきました。キュウとタミ、それにツネの三人です。そして、馬のゴン太もみんなの仲間です。一緒に遊ぼうね」

貴子が話すと、今迄反応を見せなかった子ども達が嬉しそうに身体を揺らして笑顔で応えた。タミが歌を歌うと口を開けて同じように声を発して合わして歌う。テレビ局の撮影技師は一行が到着する前の無表情な子ども達を先に撮影した上で、交流の集いが始まってからの変化を撮影した。貴子が子ども達一人一人に話しかけ歌いかけた。久太郎は役場とテレビ局が用意したプレゼントをそれぞれに手渡しながら呼び掛けた。

『みんな同じ友達。心は繋がっている。タミはみんなと心で話が出来る。キュウはいつでも鳥になってやってくる。ツネはお馬とお話しできる』と、メッセージを贈ったのである。昼食を介護士の協力で園児達と一緒に食べてから外に出た。午後はツネとゴン太の出番だ。穏やかな主人常蔵に似たおとなしいゴン太に園児の殆どが触れて、用意された二ンジンを与えた。介添えしてもらいながらゴン太の馬車や背中に乗せてもらった子どもは満面の笑顔だ。この光景は翌日の栃木日々新聞に写真入りで紹介されると共に、テレビニュースでも放映された。別人のように笑顔で反応する我が子を目の当たりにした保護者は画面で涙ながらに感謝の弁を述べたのである。

「うちの子が笑った。あんなに嬉しそうに笑ったのは初めてです。私達はかわいそうな子ということばかり考えていました。でもそれは間違いだと分かりました。どんぐり姫応援隊の方々のお蔭でうちの子が普通の子と同じように生きている、同じように嬉しそうに笑っている。自分もほかのみんなと同じ子どもだと訴えていたことに気付かせてくれました」

同行した藤川院長は、

「ご覧の通り、自閉症だろうが精神障害だろうが、子ども達は皆、同じで、病気で言葉や表情に出せなくても、自分が生まれたことを喜んでくれる人がいれば、心の中では自分も嬉しいし幸せを感じ、眠っている治癒力が目覚めるのです。周囲の方々の誰でもが、どんぐり姫応援隊と同様に子ども達の心の病を癒すことができることに気付いてほしい。そのために姫と一行は、要望があれば、これからも仲間の子ども達のところに出向いて行きます。ご連絡をお待ちします」と、結んだのだった。

（五）

キヨは藤川院長の紹介で宇都宮にある脳神経外科に行き、検査入院した。その結果、難しい場所に出来た脳腫瘍であることが判明した。しかし、当時の日本の医療技術では手術は不可能だった。

「キヨ、頭が痛いの、大丈夫？　病院の結果はどうでした？」

「時々痛いけど大丈夫。農仕事は亭主に、姫さんの活動のお供は常蔵とあの二人に任せてしばらく休めば良くなりますよ。元もと丈夫だけが取り柄の私だもの」と、貴子に心配させまいと努めて明るく振る舞うのだが、周期的に襲ってくる強い頭痛はもはや笑ってごまかせる程度をはるかに超えていた。その後、改めて藤川院長の勧めで東京の大学病院に入院することになったキヨは、出発までの日々をできるだけ明るく貴子と共に過ごし、自分がいなくなってからの心構えを持たせるように言い聞かせた。

「私は姫さんと、こうして家族として一緒に暮らすことができて幸せだった。でもね、幸せって永久に続くことじゃぁねぇ。人の命だって限られていて、いつか別れがやってくる。それでも私は、姫さんが久太郎と民男に出逢い、心の病から抜け出てこうして大勢の子ども達を救う活動をすることになり、こんな嬉しいことはねぇですよ。それに、常蔵が役に立つこともありがてぇことです。私は幸せすぎて、みんなと少しだけお別れが早くなってもしゃぁねぇって、この頃そう思うことにしやんした」と、昔の言葉でおどけてみせた。

「キヨ、死んではいけない。私を一人残して逝ってはいけない。私にはキヨが必要なの」

「旦那様と奥様が極楽浄土から姫さんを見守っているって日頃から姫さんが言っているでしょ。私が万一、旦那様と奥様のところに一足先に行くことになったら、毎日姫さんをお守りに来ますよ。姫さんは久太郎と交信できるのだから、きっと私を感じる筈だ。だから、来週東京の病院に出発する時には三人の家来と一緒に笑顔で送って下せいね」と、既に覚悟を決めたキヨは笑顔で貴子を抱きしめた。何も言えずにそれからの貴子は泣き通しだった。

嘗て藤川病院でどんぐり園の久太郎と民男に出逢い、生まれて初めて人に対する愛情を感じた。それが奇跡を生んで障害を持つ三人の精神に互いに作用し合い、互いの特殊能力を引き出し合って病を克服するきっかけにした。それまで自らを閉ざしていた人生においては人のために涙を流すということはなかった。自分に目覚めた貴子は今、きっとそれ以前の分まで涙が溢れてきているのだろうと思えるほど泣き通した。毎日涙を流して泣き続ける貴子を心配した家来三人はその日から毎日、キヨと貴子の所に来て、限られた時間を共にした。キヨの脳腫瘍は当時の医学では手術することが難しく、入院しても強い痛みに襲われた際にモルヒネで痛みを抑えることくらいの治療しかなかった。キヨが入院のため啓助に付き添われて東京に向かう前日は頭痛もなく比較的元気な笑顔を見せたので、五人一緒にあの堤防の土手に登り、貴子が作ったおにぎり弁当を食べることになった。涙が枯れるほど泣き通したためか、貴子は気持ちが落ち着いたらしくその前日からしっかりとしていた。

「姫さんに、おにぎりを作ってもらうなんて罰が当たるだんべよ」と、キヨが明るく笑った。

「それだけじゃねえぞ。今日は姫さんがキヨさんをリヤカーに乗せて引くのを俺達三人が押してやるんだよ」と、タミが嬉しそうに説明し、常蔵が準備した姫の愛車だったリヤカーに久太郎と亭主の啓助が両脇をやさしく抱いてキヨを乗せ、出発の準備が整った。

両脇にキュウとタミが竹槍を持って立ち、後ろから押す役目の常蔵が控えた。啓助は横に並んでおにぎりとお茶を持ち、一行が姫を待った。この日の秋山川の上空には雲一つなく晴れ渡り、一行の短い道中を祝福しているみたいだった。貴子がセーターにスラックスの颯爽とした出で立ちで現れ、跨いだリヤカーの取っ手を両手でつかんで振り返り、キヨの顔を笑顔で見て頷いて前を見た。

「キヨさんのお通り」と、久太郎と民男が声を合わせた。キヨが泣いている。しかし、一生分の涙を流しきった貴子はもう泣いていなかった。前を見て力強く一歩一歩踏みしめるように、嘗て何十回となくリヤカーに乗せてもらった土手街道を今日は姫が引いて歩いて行く。代わりに乳母だったキヨが鎮座して、通い慣れた堤防への上り坂に差しかかった。するとその時、爽やかな一陣の風が吹き上がってどこからともなく山桜の花弁を幾枚も運んできた。平地にリヤカーを止めた貴子が天を仰ぎ両手をかざした。

「父様、母様。お願いしたとおりキヨを助けてください」と、叫ぶやいなや天空をついて疾風が巻き上がり雲を呼んだ。天上に浮かんだ真っ白い綿のような雲が大きく二つに分かれた。するとその雲間から雷光のように眩しく輝く光の玉が一行を目がけて降りて来た。

呆然と見上げる四人は何が起きようとしているのか全く見当がつかず立ちすくんでいた。一人、貴子だけは光の玉に向かって両手をかざし手招きをしていた。光の玉が音もなく近づいて頭上にくると貴子はキヨの頭を抱いて指さした。光は意志を持つ生きもののようにその指示に従い、みるみる小さくなりキヨの頭の直ぐ上で宝石のように眩い点になった。光の点は一瞬だけ空中で停止したかと思うと、次の瞬間猛烈なスピードでキヨの頭の中に吸い込まれて行った。地球が自転を止めて時間を止めたのだろうか。ほかの誰にも気づかれることなく何かが起きて、そして終わったことをここにいる五人の純真な心を持つ人々だけはしっかり受け止めることができた。

時間が動き出してしばらくすると、堤防の上には何もなかったようにあの真っ白い綿のような雲が先ほどの裂け目を塞いで浮かんでいた。その下を微かな春風がゆったりと吹いているのみだった。気を失ったキヨの寝顔は穏やかな笑顔だった。

「父様、母様ありがとう」

貴子が白い雲に向かって呼びかけると、春風がどこからともなく山桜の花びらを運んできてその寝顔の脇にそっと置いて行った。

坐禅草 ざぜんそう

（一）

日本海に繋がる兵庫県但馬の冬は、毎年決まったように雪深く、しんしんと凍て付くような風が吹き渡ってくる。中でも豊岡盆地最北部の山脈《やまなみ》を背にした下鶴井山中では、上弦の月明かりが蒼く照らす師走半ばともなると家路を行く村人は皆、夕暮れの冴え渡る寒さに、身を縮めるようにして足袋わらじの足を速めて妙心寺門前を通り過ぎて行く。盆地特有の夏の暑さとは裏腹に、冬はシベリアから吹き付ける北西の季節風が影響して海抜の割に降雪量が多く、寒暖の差が大きい。こうした厳しい気候が却ってこの里山に植生するブナやコナラなどの落葉広葉樹林と赤松とを融合させ、季節ごとに様々な色合いを変化させて美しいコントラストを織りなしていた。周囲には最高峰の氷ノ山《ひょうのせん》を始め一〇〇〇メートル級の山々が連なり、水量豊かな円山川を始め、竹野川、矢田川、岸田川は日本海に流れこみ、市川は行く先を変えて瀬戸内海に注いでいる。古代の但馬は、「天日槍《あめのひぼこ》」の渡来伝説との関係が深く、北は日本海、南は播磨と丹波地域、東に京都、西は鳥取と隣接し、その地勢によって古には日本の文化・経済の表玄関とも言われていた。

江戸時代に山紫水明の地と謳われた当地では、一方で仏教の教えは船で海から川伝いに各地に広がったと考えられていた。但馬の場合、船が円山川を遠く出石《いずし》、養父《やぶ》まで上っていたため、禅宗の寺院だけでも実に八十三カ寺に及んでいた。最も古いのは野上にある帯雲寺で、二番目が鶴井の長松寺、三番目が東へ三里ほど奥まった妙心寺だった。寺には方丈（現住職）がいるが、一般的に代々世襲の場合が多い。世襲でなく師匠から弟子に受け継がれてきた寺は、ここ妙心寺を含めて法系と呼ばれていた。

この寺から奥は民家百戸足らずの小さな村落であるため、門前を通り過ぎる人々は誰もが互いに顔なじみだ。雪の舞う夕方であってもここを通る際に村人は皆、本堂に向かって合掌して行くのが昔からの習慣《ならわし》になっていた。

そこから寺内の山門をくぐり本堂に向かう石畳を進むと、二十間ほど先の右手に十二段の石段が見えてくる。その上に四本柱の鐘楼が聳え、小柄な大人なら立ったまま入ることさえできる大梵鐘が、静かに誰かを待つように見下ろしている。荘厳な鐘の音は何百年も昔から円山川周辺の人々に時を告げると共に安らぎと安寧を伝えていたが、ここに生活する小僧《こぞう》と雲水にとって鐘撞きは重要な禅修行の一つだった。

『ごーん……、ごーん……、ごーん……』

「先ほどの鐘の音は妙見が撞いたのであったか?」

「はい、お師匠様、私が撞きました」

「うむ、そうか、そうか。美しい良い音色であった。おぬしは何を念じて撞いたのかの?」

「はい、故郷の母の健康と幸福を念じて撞きました」

「おうおう、母御を念じてのう。さもあろう。だからあれほどに良い音色になったのじゃな。ところで妙見は何歳になった?」

「年が明けると数え八歳になります。来年、尋常小学校に入学します」

「ならば、数え年の訳は何とした?」

「はい、入山以来お師匠様より、人は皆、生まれる前に十月十日の間、母の胎内において生かされてきたと、教わりました。その命のありがたさを加えて自らの年齢とせよと、学びました。私は母の胎内で生かされた恩を加えて数え年にしております」

「そやったのう。そなたは六歳で当山にて出家し得度を授かった。衲《わし》も六歳で出家して丁度そなたと同じ頃、鐘撞きの作務《さむ》を終えて方丈様から何を念じて鐘を撞いたか尋ねられての。同じように母を念じて撞きましたと答えたことを思い出した。衲の母もそなたの母御も同じように我が子が愛しい。会いたい気持ちも同じじゃ。でも母御はそなたを送る際に、二十歳を過ぎて迷いのない立派な御坊になるまでは決して会うことはない。方丈の衲を親と思うて励め、と諭して送り出してくれたそうじゃのう。我が母とそなたの母御、その慈母の思いは衲やそなたと共にあり、御仏と共にある。分かるであろう」

「はい、お師匠様、これからも母の健康と幸せを念じ修行と勉学に励みます」

妙心寺の鐘の音が慈母の音色と謳われることになるのはこれより十数年後である。

神戸港を懐に抱く兵庫区は神戸市を構成する九区のうちの一つである。奈良時代に築かれた大輪田泊《おおわだのとまり》から港としての歴史を刻み、平安時代には平清盛の栄枯盛衰の舞台となった。一ノ谷の合戦で敗れた戦場跡には清盛塚があり往時をしのばせ、哀愁を漂わせている。明治三十四年（一九〇一年）の頃まで、港にほど近い荒田町に暮らしていた戸澤家だったが、長男の賢一が五歳になる少し前にそれまで元気に海運の仕事をしていた父が急の病に倒れ早逝した。それがこの少年の人生を大きく変える始まりだった。気丈な母は半年間熟慮した末に菩提寺の住職に相談し、幼い二人の男児の内、長男を仏門に入れることを決心した。

「賢一や、これからは豊岡の方丈様に学んで御仏の道を全うして、立派な坊様になるのですよ。母は逢えなくともいつも賢一の中にいます。だから方丈様を父とも母とも思ってお仕えするのですよ」

「はい、母さん。これからは方丈様を親と思ってお仕えします。そして、母さんはいつも私の中にいてくれるのですから寂しくありません。方丈様に学んで立派な坊様になります」

母は、決別を告げる我が子に一切涙を見せず、幼き子も又その母の思いを身体中で受け止め理解しようとしていたが、涙が止めどなく伝わって落ちるのをどうすることもできなかった。この母の決断は大いなる仏縁をもたらし、遠く日本海に近い豊岡市山中にある妙心寺方丈と賢一少年を結んで行ったのである。

仏縁の導きにより、後に賢一少年の師父となる江川龍昭方丈は、文久二年（一八六二年）、上州（現在の群馬県）高崎郡《ごおり》寒川村に父、畠山要助と母千瀬の次男として誕生した。六歳になる少し前に父が今際の床で、遺命を残した。

「おまえは、これから江戸深川の深照寺方丈の江川一達様を慕って仏門に入り出家して、立派な御坊になるのだ。これからは、方丈様がおまえの父であり母であるぞ、よいな」

「はい、父様《とと》。方丈様にお仕えし修行して立派な坊様になって人々のために働きます」

と、既に自分の運命と人生が大きく変わることを自覚していた。

翌年、慶応四年（一八六八年）は九月八日を期して一月一日に遡り元号を明治とする詔書が発布された。

龍昭は、師父となった方丈、江川一達により得度して嗣子となり姓名を江川龍昭と改め、小僧として勉学と寺内修行の日々を送っていた。明治三年（一八七〇年）八月、一達法師が遠く但馬国豊岡の山中にある妙心寺に転住することになり、九歳の龍昭も嗣子としてこれに従い新天地に赴いたのである。これより十年余り、一達法師の厳しくもありがたい禅の教えを受けて育って行った。その後、龍昭は十八歳で大本山に安居し、師命により妙心寺住職になったのが二十九歳だった。明治三十二年（一八九九年）一月、生き別れになっていた母千瀬が東京で逝去した。行年七十三歳だった。

その二年後の九月、仏縁が重なる道を踏みしめるように、残暑厳しい豊岡市下鶴井の奥山を目指し、六歳にも届かない幼い男児が付き添いに連れられ、しっかりと自らの行く先を見定めて歩みを進めていた。その道は、これから師父となる江川龍昭方丈が、それより三十二年前にその師父、一達法師に伴って東京から転住する際に踏みしめて歩んだ禅の道にほかならなかったのである。

こうして、出家した戸澤賢一は江川妙見となって方丈からカナをふった四書五経を渡された。毎日このカナ文字を雲水と共に素読しながら文字を覚え、耳と目で自然と暗記するようにして覚えて行くうちに、方丈がその意味について説くことを一つずつ記憶して行った。般若波羅密多心経は一カ月もしない内に暗記したが、「一切皆空の理《ことわり》によって般若つまり悟りの世界をあらわす仏の智慧を得られることが二百六十二文字に説いてある」と、方丈が説く真理はいかに利発で勉学に長けているとはいえ、六歳の少年にとってそのまま分かる筈もなかった。しかし、妙見は他の小僧や雲水とは大きく違っていた。

小学校に入学した妙見は妙心寺に入山して二年が過ぎた。学校では俗名の戸澤賢一を名乗り、寺内では今や本名でもある法名で呼ばれた。方丈は、利発にして勉学を好み禅の道を受け入れて成長して行く妙見を既に最良の後継者として見込み、戸籍上の父子としても受け入れていたのだ。

妙心寺から豊岡尋常小学校迄の通学は片道一里半もある。雪の深い時期はいつもの二倍の時間が掛かり、普通の一、二年生にとっては辛い道のりであった。小僧の妙見は朝まだ暗いうちに起床し、かまどの火を起こして茶を沸かし食事をして弁当を作り、身仕度を整えて本堂に拝礼してから出掛けるのだから寒さはひとしおだった。ほかにも年長の二人の小僧が同居していたが、学問においても修行にしても妙見が教える役割になっていた。寺内で小僧にも様々な作務が与えられていた。その大半は各施設の清掃だった。修行僧の雲水が担当する高所作業や重労働などを除いた、さほど危険のないところが持ち場だった。山門前の道路から始まり境内、庫裏、庭園、墓所に及ぶ掃き掃除も大事な禅の修行の一つだ。他に湯沸かし、仏具磨きや炊事、洗濯、ランプの掃除と油補給や芯の交換など多彩である。それに方丈の墨擦《す》りと肩や腰を揉む仕事も時々回ってくる。龍昭方丈は生活の中における禅を小僧に身を以って実感させていた。その一方で能力に応じ読書と書道を指導していた。稀にみる利発で勉強熱心な妙見は尋常小学校のうちに方丈から学び熟読していた四書五経をすらすらと読み、雲水達の議論と問答の中に加わって一歩も引けを取らないほどに成長していた。これには理由があった。師匠の人を見極める眼力と的確な指導が功を奏したと同時に、妙見の性格が並はずれた素直な心とその半面で誰にも負けない気迫を内に秘めていたのだ。

「四書五経とはのう、始祖道元禅師が中国に渡り学んだ儒学と儒教における経典じゃ。衲も幼い時そう教えられたが、初めは中身を知るより文字と音を耳目で受け止め、文字を読めるようになったら、素読で大きな声を出して覚え、徐々に丸暗記するのがよい。文字を覚え素読を繰り返す内に丸暗記し、衲が説く内容も自然と妙見の身体の中に根付く。すると、この学問は、そなたの将来における大きな基盤となり宝となるであろう。江戸時代に本居宣長という御仁がおったが、やはり幼少の頃、これを常に繰り返し素読し暗記したことで後に『古事記伝』完成を果たし、日本を代表する国文学者となる素養を成したのだよ」

この話がきっかけとなり、妙見は学校までの一里半の通学時間を有効に使い役立てた。日頃の素読で耳目から頭に入った記憶を集中して呼び起こし、毎日復唱していたため大部分を暗記して行ったのだった。

「妙見ちゃんは、勉強が学校で一番じゃし、寺の中では雲水さん達に負けないほど四書五経を勉強しておるので方丈様からいろんな雑用を言いつけられず、羨ましいね」と、三歳年長であるが後から入山してきた小僧の今田勇吉は、なにかにつけて妙見を頼り敬愛していた。勇吉は、方丈と同郷の群馬県高崎郡《ごおり》寒川村の貧しい百姓の三男坊だった。「末子《ばっし》の行く末を案じてのこと」という父親の口車にまんまと乗せられ、その実、口減らしのために此処に送りこまれて来たと、ことあるごとに妙見に口説いていた。

「俺は父ちゃんから、坊主になれば、三度のおまんまもこと欠かず、贅沢さえしなけりゃ楽に食って行ける。大きくなっても兵隊にもとられねえ。二、三年の間、修行を我慢すりゃ、その後は坊主の傍ら好きな絵描きになるなら、それでもいいって言われて、騙されてきたわけだ。じゃが、父ちゃんが言ったことも少しは当たっているので、ここの修行もまんざらじゃねえ。それでも、出来のいい妙見ちゃんと俺では方丈さんも雲水の奴らだってえらい差別をする」

「勇吉さん、そんなことはないよ。私は物心ついた時にはこの妙心寺に来ていて、仏縁によりその日からずっと方丈様のありがたい慈悲と慈愛に導かれて幸せだっただけだよ」

「それは俺にも分かるよ。でも、妙見ちゃん、俺は方丈様から肩もみをせよと、言いつけられて一生懸命もんでいるといつも方丈様は気持ちよさそうに眠ってしまう。それでいつになっても、もう結構と言って貰えねえ。それに、書を書かれる折の墨擦りが厄介なんじゃ。大きな硯と五寸ぐらいの墨だから力を入れるなと言われてもつい入ってしまう。すると方丈様は、決して墨に力を入れるな、墨の重さで擦るようにと、おっしゃる。こういう時はどうしたらいいかの？」

同門の真剣な質問に、それまで笑顔で聞いていた妙見は表情を少し引き締めて同門を見る目が光を放つように変化した。

「勇吉さん、私が方丈様のお肩やお腰を揉む時は、今、自分が揉んでいるお方は実は亡くなった父か故郷におわす母じゃと思うて揉むことにしている。するといつまでも揉んでいたい気持ちになるもんじゃ。墨を擦るのは、坐禅の時と同じで無心に集中する修行と考えることだよ」と、たとえ話で年長者を説得した。

しかし、勇吉は、「方丈様を父ちゃんと思えば、居眠りしているあいだに方丈様の鼻の穴をこよりでくすぐったり、時々頭にげんこつをくらわしたくなる」と、言い放ち、大笑いするのであった。方丈の嗣子として相応しい禅僧を志す模範的な妙見と、全く正反対のなまけもの小僧の二人は不思議なほど気が合い、互いが、それぞれ自分を癒す存在であることに気づいて行くのであった。

龍昭方丈は徳の高い人であった。それ故、人を見る場合も、努力して学問を修め、豊富な知識と仏法を身につける人を評価した。しかし、その一方で、実際に生きて生き抜いて、この世の人々の役に立つ者を認めていた。その点、勇吉は学問の出来は最低でも、困っている人を見たり聞いたりすれば飛んで行って手伝う心根の優しい少年だったため、龍昭方丈から今田救援人という法名を授かり、百戸足らずの檀家を回ってあらゆる手助けをして歩くように導かれたのである。特に、高齢者のみの世帯には、泊まり込みして冬は屋根の雪を下ろし、そして忙しい農繁期には田圃をかけずり回って働いた。救援人は一年中、小学校から帰ると、どこかの困っている人を手助けすることが、自らの作務となった。初めは方丈の指示だったが、いつの間にか救援人にとってそれが自分の幸せに思えるようになって行った。この徳が後に、多くの人々を救うことに繋がって行くのだった。

ある日のこと、妙見と救援人が小学校から帰ると本堂で小僧二人と三人の雲水が何やら箒や物干し竿を持って大騒ぎしていた。

「何事ですか?」と、尋ねると、

「本堂にタヌキが入り込んでの、もう少しで捕まえられそうじゃ。妙見も手伝え」と、雲水の中で最も古参から息を切らして仏像の陰に逃げ込んだタヌキを追い詰めたことを告げられた。普段寺内では、こうしたことではしゃぐことができなかったが、この日は方丈が檀家巡りをして留守だったことで皆大いにタヌキの捕獲をいいことに童心に帰ってやや興奮気味だった。庫裏から追いかけられて本堂に逃げ込み追い詰められたタヌキは、疲れと恐怖心で仏像の奥の狭い所に閉じ込められた形だった。もはや、時間の問題というところに妙見が帰って来たのだった。

「安昭さん、楽しそうですが、もうそのくらいにして逃がしてやってはどうでしょう」

「妙見は折角追い詰めたタヌキをおめおめと逃がせと言うのか?」

「はい、今日はお師匠様がお留守です。ですから、私達は、もし方丈様がいらっしゃったとしたら、このタヌキをどうするかを考えねばならんのと違いますか?」

師匠から、仏法では殺生してはならぬと教えられていた。まして、龍昭方丈は普段から無闇な殺生を自ら断ち、雲水と小僧達にもそれを説いていた。ハエや蚊であっても常に手にした扇子で払うだけで十分という具合だった。この時は、誰かがタヌキ汁にするなどと声を張り上げたために、皆がはしゃいでその本分を忘れてしまった。それを最年少の妙見から諭されたことで一同が、ばつの悪さを感じタヌキを解放して反省し、仏像に向かって正座し全員で合掌して自主的に懺悔したのである。因みに、解放されたタヌキは追いかけられた極度のストレスと疲れのためか翌日寺内の庭園脇で死んでいるのが見つかった。救援人はそれを弔い墓地に隣接する山中に葬った。今田救援人は小学校を卒業すると、中学進学をせずに、龍昭方丈の勧めで、兵庫県の各地域におかれた伝染病隔離病院の看護補助としての道を進んだのである。

妙見が小学校在学時に学校制度の変更があった。尋常小学校四年の必修期間が六年になり新しい制度によって六年生で小学校を卒業し、城崎郡内に一校しかない豊岡中学に入学すると旧制の高等小学校二年を卒業したものと同級になったが、新規六年修了者が幅を利かせていた。

『江川君はお寺の御坊であるから学校で少し手を抜くのかと見ておった。しかし、予想は全く外れた。勉強は全ての学科で一番。書道に至っては先生も脱帽でいつも褒めては張り出してほれぼれと眺めておる。彼の通学は徒歩で片道一里半以上だがこの往復の不利でさえ、恰も愉しむがごとき表情で活かし、各学科の暗記復唱で貴重な学問の時間にしておる。更に、妙心寺付近の村人から「小坊さん」と呼ばれ、愛されている。村内の衆から豊岡市街でないと買えない小間物、薬や食料品などの買い物を頼まれ毎週のように放課後に買い歩き、それを夜になっても帰宅前に届けて常便という便利屋のごとく重宝がられている。実に超人である。但し、この若さで天才とか超人と思われるよりどこかに欠点がある方が人間らしいので近いうちに江川君自身に何か欠点があるか尋ねてみようと思っている。』と、同級の山崎剛が日記に記述していた。


「江川君、今日も買い物して帰るのか?」と、ある日、日記の主が校門で声を掛けてきた。

「ああ、近所のお年寄りが街まで買い物に歩いてくるのはたいへんだから喜んで貰えるのが嬉しくてね。寺の方丈様もできるだけ手伝ってあげなさいとおっしゃってくれるから、帰りが遅くなっても今晩中に届けてやろうと思っておるんじゃ」

「もし、君がよければ僕に手伝わして貰えんかの?　二手に分かれれば早く買い物が済むじゃろ」

「そりゃ助かるし、ありがたいことだが、山崎君の帰りが遅くなってしまう。家の方は大丈夫かの」

「実は、僕がうちの父母に君の善行を話したら、えらく感動しおっての。そんな感心な生徒がおるんなら、おまえも手伝って爪の垢でも煎じて飲まして貰えなどと言うのや。だから、手伝わせてもらうと、少しは両親に大きな顔ができるんじゃ」

山崎は市街の医師の息子で成績優秀な同級生だ。妙見が見たこともない分厚い辞書を見せて「よかったら時々使ってかまわんよ」と、言って貸してくれる友情に篤い少年だった。

この日依頼された使いは、薬屋での買い物が五件、小間物と乾物屋が大小合わせて十一件だった。

「ほんなら、山崎君には薬屋の方を頼むよ。この書き付けに注文の薬と量の明細が書いてある。このお金で支払ってどれがいくらだったか横に書いておいてくれ。すまんの。小半時でこの場所に合流しよう」と、妙見が恐縮しながら頼むと「まかせておきなせ」と、薬屋の方向に走り出した。

友を見送った妙見は先に小間物屋の買い物を済ませてから、少し遠くにある乾物屋に向かって走り出した。日本海に近い土地柄、乾した魚介類や海藻類が豊富に揃っていた。買い物の依頼を承けた時は編み袋を背負い買い物を丁寧に分けて包んで帰るのだが、最近では店のおかみさんが奇特な学生さんの善行と認識していて必ず割増してくれるのだった。

「小僧さん、いつもご苦労様。遠いところをこうして買い物代行して檀家の方々は助かるね。今日はいつもより多めに割増しといたからね」

「おかみさん、いつも気を使ってもろうて、ほんとにありがとう」

村落には隣村にある他宗の寺の檀家も何軒かあるので使いを頼まれるのはあながち妙心寺檀家に限られたことではなかったがそのことは黙っていた。そんなことに拘る気持ちなど少しもない妙見だから、寺内においても村人との応対にしても学校での教師や同窓生との対話も全て円滑で誰からも好かれ愛されていた。

「こんばんは。遅くなってしまって申し訳ないす」

「あれ、小坊さん。ついでの時に届けてもらえればよかったのに、すまねえことです。あれま、こんなに沢山かね？」

「いつもの乾物屋のおかみさんが割増してくれたのです」

「そしたら、それは小坊さんのもんですよ。持って帰ってくだせい」

「いいえ、これは飯田さんの買い物に対する割増しですから戴くわけには参りません。ほんなら、失礼します」

帰りかけた妙見に依頼主から紙に包んだ駄賃が手渡された。何度も返そうとするが、なんとしても受け取らないのでいつものように寺に持って帰り方丈に事情を話して、そのお金を渡すと、「妙見は、欲張りでなく真正直でよろしい」と、褒められた。方丈は妙見がそれまでに駄賃として戴き、渡されていた分を手文庫から出してくると、目を細めて語りかけた。

「これまでの分と合わせると、そなたが欲しがっていた辞書が買えるであろう。村の衆がそなたの善行に感謝して喜捨してくださったお金じゃ、そうしなさい」という運びになり、修行と勉学に一層の磨きが掛かると共に人々の情を深く刻んでいったのである。

友人の山崎が記述したように、妙見は小学校から中学校を卒業するまで学業は全て首席であった。寺内では托鉢、作務、坐禅の修行においても経文の暗記も問答においても年長の雲水をしのいでいた。しかも、その穏やかで人情に篤くユーモアを理解し相手のことを考える性格のため、誰からも好かれ愛されていたのだ。声を荒げることもなく、常に謙虚でおとなしいが、負けん気だけは誰にも引けを取らない青年に成長していた。

（二）

鳥取との県境に聳える氷ノ山は、標高一五一〇メートルの頂上《いただき》が豊岡盆地を見守るように鎮座している。その山麓には日本海と瀬戸内海の双方に注いでいる大河の源流が湧き出ている。古代に噴出した溶岩によって構成されているため山頂付近まで高原が広がり、湖沼や湿原にはヤチスゲなどの高山植物が見られる。標高九四六メートルの上山には、小又川渓谷と霧ヶ滝渓谷の源流があり、そこから北に広がる上山高原にはブナの原生林やススキ草原があった。そのため、ここにはイヌワシとツキノワグマが多数生息していて、夏の野外遠足などの場合、熊除けの鋳鈴を身体につけるよう注意書の看板が数多く立てられていた。

妙見は夏休みになっても修行と学業に没頭する日々が続く毎日だった。それでも豊岡盆地を囲む但馬の山々を同級生と共に登山する定例の行事には、方丈の勧めもあって全て率先して参加した。そこには寺内の修行と異なる友人との語らいがあり、若い肉体を鍛錬すると共に自然の摂理を心身が吸収する貴重な時間となった。この日は豊岡中学校三年生の二泊三日の二十里徒行に二十一名が参加し、中学校を出発した。一泊目は龍昭方丈の紹介で同宗の寺に一泊し、早朝には坐禅をしてから上山を目指した。途中、褌で川の浅瀬を泳いで渉り渓谷を越えて、二泊目は山小屋で飯盒《はんごう》の夕食をとって、満天の星を見上げて一人ずつ将来について語る時間を持つことになった。

山小屋から少し離れた広場に焚き火をする場所があり、その周りに座って一人ずつ自分の近況、将来の夢、学校生活、家業継承の意気込みなどをそれぞれの思いで語っていった。

普段、学校では必要以上に自分を語ることのない妙見だった。しかし今、座して生命を感じていた。高原の爽風に原生林が応えて生きる喜びを奏でるような囁きと、あちらこちらにこだまするカッコウの呼声に癒され、満天の星座のきらめきと月光の中で今ここに生きている自分を感じている。その時、始祖道元禅師の教えを全身で受け止められたような気がしたのだ。

『自己を自然の前に投げ出して自然の前に自己を照らし出した後に、さて、自分はどうなのか自問自答すること、それがそのまま禅なり』

その言葉が自らの身体と精神を結び、大宇宙の中の地球という掛け替えのない生命星《いのちぼし》に存在する全ての生命が、原始以来一度たりとも途切れることなく永遠の生命として自分に繋がっていることを感じさせていた。自分の番が回ってきて他の同級生より一段と張りのある大きな声で話し始めた。

「私は今、この大自然に学びその中で禅に生きることを感じることができた。私は既に忘れかけていた、生き別れした母の命が私の命であり、我が目が母の目であることを今、強く感じている」

妙見は吹っ切れたように朗々と語り、爽やかな涙を拭おうともしなかった。妙見はこの時、二十歳になったら母と会うことを心に決めた。今なら、別れる際の母の言葉通りに情や雑念から離れて母に会える自覚と共に、素直に感謝を伝えられると考えたのである。

「江川君、君には欠点らしいところがないのが欠点だと僕らは見ておった。しかし、今日、君の弱点が泣き虫であると分かった。しかし、泣き虫坊主は実にいい。それでこそ将来の高僧というものじゃ」と、例の医師の息子が繋いで全員から拍手が起きた。

妙見の中学生時代は、こうして柔軟な思考と健全な精神、加えて徒歩通学や登山と相撲によって小柄にしても堅固な肉体を鍛えていた。又、禅僧としての光明を見出す一方で、四書五経の儒家の始祖として孔子の思想と哲学をより深く学びたいと考えるようになっていた。

「私は、まともに文字を読めない時分から四書五経に接していたお蔭で儒学の根本に触れることができました。『大学』には天下を導く者が修める学問が著され、『中庸』には偏りなく永久不変の道理が説かれています。儒学の祖である孔子と、孟子を始め後継者達の対話と言行録をまとめた『論語』は、日本の仏法と禅に深く関わって影響を与えてきたことを我が法師より学びました。中学卒業後にはいずれ上京して曹洞宗大学林（現・駒澤大学）に進み、支那思想と哲学を学び、仏法・禅の修行に役立てると共に将来は教育の分野に進みたいと考えております」

豊岡中学校卒業前の校長面接において、妙見は自らの目標を明確に語った。

大正四年（一九一五年）三月に卒業し、しばらくして中学生時代から心に決めていたことを実行しようと法師に相談した。

「私の中学時代は、よき師、よき友、そして、御仏の御縁に恵まれて勉学と禅修行を通じて学ぶことができました。自分なりに決めたことがあります。生き別れになっております神戸の実母に会って感謝を伝えて参ろうと思います」

「うむ、そなたがそう決めたならそれがよかろう。衲からも母御に手紙を書いて送ろう」

師父から実母への手紙と、次に自分が送った手紙の返事は、母に代わって弟から届き、それから三カ月後、七月初旬の日曜日に指定された母と弟が待つ家を訪問することが決まった。

十五年ぶりの神戸である。この日は梅雨明けが近いことを伝える晴れ間だった。手紙で示された地図によると五歳で出家のため付添人に連れられて出発した荒田町の旧宅から五百メートルほど北の路地裏を尋ねて回ったが、辿り着くまでに行ったり来たりして時間が掛かった。それでも約束の正午より五分ほど前に「戸澤」と小さな板に墨で書かれた表札が掛かった玄関前に立った。母は港湾の管理をしている地方公社の事務員として働き、弟を中学に進学させていた。自分を迎えるために整えたのか、小ぎれいに掃除され香が焚かれていたが、その平屋の借家は決して豊かでない生活を漂わせていた。

「ご免下さい。こんにちは、ご免下さい」と、玄関の引き戸を少し開けて呼びかけた大きな声は、この家を通り越して奥隣りの家に迄届いていていた。

「はい、只今」と、奥から聞こえた女性の声は母である筈だが記憶にある声とは一致しなかった。返事があってから二分ほど経ったろうか、髪の毛に白いものが混じった婦人が少し緊張した顔立ちで出てきた。母である。

「よく、いらっしゃいました。妙見さん、でしたね」

紛れもなく五十歳になった母だった。

「母さん、賢一ですよ。十五年ぶりです。ご無沙汰を許してください」

「賢一かい、賢一だね。ああ、よく来てくれましたね。立派になって。これが弟の好次ですよ。好次は、あの時はまだ三歳の幼子でしたから覚えてないだろうけど」と、弟を紹介する母であった。

「好次です。兄さん、よく来てくれました。さあさ、お上がり下さい」

「好次かい。私より背が大きくなったのう。中学生だね」

「はい、再来年卒業です」

「好次には私の分まで母さん孝行してもらうことになるが頼むよ」

勧められて履物を脱いで上がると玄関の脇に台所と小さな風呂場、洗面所らしい入り口があるのが見えた。奥の部屋は居間と寝室の二部屋と厠だけだった。

居間に通された妙見は、

「先に父さんの仏壇にお線香をあげさせてください」と、ことわってから心を込めて読経した。それから亡父に語りかけた。

「父さん、十五年ぶりにやって来ました。後でお墓にもお参りします。父さんが亡くなって十七回忌ですね。私は、母さんが仏門に入ることを決めて下さったお蔭で、その仏縁により江川龍昭老師の嗣子となって今日、ありがたい仏法と禅を修行しています。来年から上京して曹洞宗中学林補習科に進み、それから大学林に進学します。今日の私があるのは父さんと母さんのお蔭です。感謝しています。これからも母さんと好次、そして私のことを見守ってください」

静かに、しかし、誰の心にも響く声でお参りを終えると、十五年ぶりの母を労るように手と手を合わせ、そっと肩を抱いてしばらくそのままにしていた。

「賢一、いえ妙見さん、立派になったね。立派なお坊様になってくれました」と、母は何度も言って何度も頭を下げるのだった。

五歳半で妙心寺に行って出家してから何度も夢に見た母だった。会いたい、抱いて貰いたいと、初めの頃は幼子として当然のように、ひたすら母恋しの情だった。しかし、その度に、別れの際に母から言い渡された言葉を思い出した。その度に、修行をして情という煩悩を超越しなければ母に会うことはできないと、一層修行と学業に打ち込んできたのである。二十歳に近づくにつれて約束を果たすかのように、自分の中にある母なる存在が変化した。師父の導きと始祖道元禅師より示された禅の世界から慈母の恩を知るにつけて感謝の思いが増してくる一方で、以前のような情愛の対象とした母の印象が何も無くなったことを自覚し、これでようやく母に会えると感じたのだった。そう感じてからは、離れていても、母は常に一緒にいると考えられるようになったのだった。

その晩、親子三人で亡父の墓参りを済ませ一夜を共に過ごした。十五年前、別れの時の毅然とした母の決意は二人の息子が立派に成人し生きて行くためのぎりぎりの選択であった筈だ。その決断が仏縁に通じたお蔭で師父龍昭法師と禅の道に出逢うことができた。法師の導きと修行によって私情を離れて父母の恩に感謝することができたと考える妙見に対して初老にさしかかろうとしている母は、

「あの時はああするしかなかったのです。賢一が妙見さんという立派な御坊になり幸せだと言ってくれたことが、私にとって何よりありがたいことです」と、何度も手を合わせ当時の非情を詫びるのだった。妙見は、

「母さんの決断は大いなる母の愛でした。それが仏縁に通じたのです。私は母さんの愛

によって今日があるのです。母さんは、これまでもこれからも、いつでも私の中にいてくれます。過去も善、今日も善、今では、あなたの目が私の目であることを感じています」と、やさしく何度も話して温かく包み、もったいないと言って遠慮する痩せた母の身体をいつまでも揉んでいられる幸せを噛みしめて再会の夜が更けていった。

後年、妙見が詠んだ『慈母吟』の一節に、

「艱難の行路、つぶさに倶になむ、功労求むるなく、苦しみ厭うなし。母に非ざれば生まれず、また長ぜず、慈母は人間至高の光なり」と、生母をこう語っている。そこには産みの母への変わることのない感謝の念が根底にあった。

後に八王寺と名を変える、延喜山福昌寺に転住した龍昭法師から法を嗣いだ妙見は希望通り上京して、曹洞宗中学林補習科を修了し大学林に入学した。そして、卒業までの三年間を補習科で同じように地方から出てきて仲良くなった二人の友人と相談し、駒沢近くの自然に囲まれた農家の一戸を借りて共同の自炊生活を始めた。一人は岐阜出身で未だ住寺の縁に恵まれず得度していない山下岳雄と、山口の曹洞宗禅寺の住職を父に持つ木村尊久だ。共に補習科で知り合い意気投合し、共同生活を通して禅と哲学を学び人生を語りあって有意義に過ごすことができた。妙見はこの間に、宝昌寺という寺の首先住職に就き、充実した学生生活と共に住職としての経験を高めていった。しかし、充実した大学生活を送った一方でその間、心に祈念していたことがあったのだ。

「法師様、今日は折り入ってご相談があります」

「何なりと申してみよ」と、大学林を卒業し久しぶりに帰省した妙見からどのような話が出るか龍昭は楽しみにして次の言葉を待った。

「私は大本山永平寺の修行を積まして頂いております。この度は期するところがありまして臨済宗専門道場である岐阜県美濃加茂市にある妙法山正眼禅寺に入門し参禅しますのでお許し下さい」

「よかろう。昔から臨済禅は臨済将軍と呼ばれ武士のみが修行するとされてきた。それに対し曹洞禅は曹洞土民と呼ばれた曹洞禅は庶民の誰でもが参加できる違いはあったが禅に違いはない。伊深僧堂は全国に三十余カ所ある専門道場の中でも大本山奥の院と呼ばれ臨済宗の代表的古道場だ。妙見が修行するに最もふさわしく、鬼僧堂と呼ばれこれまでの修行とは比較にならない厳格さだ。全てを捨てる覚悟で臨済禅と正法眼蔵を心行くまで修得してくるがよい」

「はい、ありがとうございます。正眼僧堂には曹洞宗大学林で共に学んだ学僧を含めて雲水八十余名が修行を積んでいます。私は無の境地で実参致します」

妙見は自ら新たに選択した専門道場入門に腹を括っていた。

大正九年（一九二〇年）秋、雲水の旅装束に身を整えた妙見が臨済禅に実参するため伊深僧堂に初行脚した。岐阜に入ると美濃加茂で下呂・高山方面の道と分かれて美濃関へと進む。暫く行くと、蜂屋柿と呼ばれる富有柿が延々と乾してある山里の街道に差しかかった。この美濃路の趣が、目指す伊深僧堂正眼寺が近いことを示していた。両側を古い民家が佇み、素朴な石畳が続いた後、いよいよ僧堂入り口に立ち道場までの長い階段を見上げると、森閑とした中の杉木立までが仁王立ちに見えてきて他にはない表情を見せていた。

三度、深く息をしてから階段を踏みしめて登ると右に正眼専門道場、左に提唱大應國師語録の大木札を掲げた山門が迎えた。道場が見えてくると、そこには石畳が何かを物語るように敷き詰められ、素朴な自然石が人の心を導いているように思えた。すると、木立と石組みの奥から観音像が出現した。その足元から平らな石板が張られた模様の中を五方向に三寸ほどの幅の細長い石が直線に張られている。（この庭の全てが公案なのかもしれない。）既に修行の中に居ることを自覚し、暫く立ち止まり見入ってしまった。「キー、キー」百舌かあるいは尾長鳥なのか、その鳴声に、はっと我に返り歩みを進めて正眼道場の玄関前に立った。

「たのみましょう」と、大声で申し入れた後、その場に座して龍昭法師から預かってきた添書と掛塔願書を差し出し、低頭して型どおりに二日間の庭詰めに入った。それが終了すると次に六日間の面壁行を行い、八日目にやっと入門を許され老師に相見した。

「そなたの師匠、龍昭老師から丁重な手紙を頂いた。さすがに一達法師の厳訓を受けて後、十八歳で大本山永平寺に安居し、二十歳で永平寺首座に任じられたお方じゃ。二年前まで三年間永平寺後堂をお勤めになられた老師様が、そなたを『我が嗣子と思わず御老師の思うままに身命を賭するほど骨を折らして本当の修行を与えて頂きたい』と、お申し出じゃ。そなたは仏縁をもって自ら伊深のこの正眼僧堂に厳しい入門を選んだのだ。衲はこれより、我が弟子として容赦なく厳しく鍛えるからそなたも身命を賭して骨を折り精進せよ。公案を透過して禅道を窮め、真の禅僧になることこそが師匠への報恩となるのだから、大馬鹿になり真剣に骨を折ってもらいたい」と、訓示を頂いた。妙見は、その奥深い老師の言葉の慈愛と師匠、龍昭法師の恩を誠にありがたく受け止めて思わず涙した。そして改めて老師から「公案」を頂いて参禅したのである。

僧堂内は全面に畳が敷き詰められていた。そこに八十人余の雲水が整然と四列に並んで坐る様子は活気に溢れていた。曹洞宗大学林を卒業した者が十一人いる中に同期が二名いることを指導役から事前に聞かされていたが、余所見や無駄話が許される場所ではないためその二人と名乗りあって挨拶したのは三日目の朝六時からの山作務の最中だった。つるはしで裏山の岩盤を掘り崩していると懐かしい友の声に思わず振り向いた。

「江川君、ここでまた一緒に修行できて嬉しいよ。よろしく頼むよ」と、作務の手を止めずに声を掛けて来たのは、嘗て三年の間、共同生活をしていた山下岳雄だった。

「ああ、山下君か、久しぶりだね。ここで君に会えるとは、やっぱり私らは仏縁で結ばれているのう」

しかし、二人は懐かしい友との再会で旧交にひたる暇があるわけもなく、互いが同じ修行の中にあることを心強く感じるだけだった。

正眼僧堂に入門して二カ月が過ぎ、初めて八日間の所謂『雲水の命取り』と呼ばれる大摂心の只管坐禅修行に参禅した。殆ど横になって寝ることもなく八日目の暁天を迎えようとした坐禅の最中、妙見は、今までに見たこともないことが見え、聞いたことのない声が聞こえて来るように感じた。その思いが妙見の身体の中を高速回転していた。不思議なほど眠気もなく嘗てないよい気持ちになり、周りの全てのものに仏心仏性が備わり輝いて見えている。吉祥大安楽の坐禅は、たとえ今後一生掛かって坐り切っても悟り得られるものでもない。しかし今、ここにおいての坐禅がギリギリの坐であると、気づかされた。

妙見のように、『今日一時《いっとき》の坐が全てギリギリの坐』と理解できた雲水には早速次の難公案が示されていた。ところが大摂心を何度経験してもそうならない雲水が多数いて、その内の一人が山下岳雄だった。

「私は来年二月の制中最後の大摂心迄に透過できるやろか？　今度も意識が朦朧《もうろう》として何も感じなくなって、呆然としてついに透過できなかった。何度も妙見さんに助けてもらったが、だめだった。同じ年頃から小僧に入り大学まで卒業したのに未だ得度も得られない。これが最後と考えてここに来たが、坊主を諦めて還俗した方がよいのだろうか？」

翌日の休息日、大摂心の間は無縁だった甘味を補給しようと妙見が差し出したあんころ餅をほおばりながら山下が相談してきた。

「得度のことはうちの法師様に相談すればいい。なんとかしてくれるさ。それより今、この坐を坐り切ることが大事だよ」

「うん、ありがとう。過去や明日のことで思い悩むのでなく今、ここの坐だね」

親友に笑顔が戻ったことが嬉しかった。妙見はこの時既に親友に限った思いやりや親切でなく、いつでも、どこに居ても、全てにおいて、誰に対しても親切を尽くす、それになり切る即心是仏に近づこうとしていたのである。

一年が過ぎた僧堂修行の寮に、嘗ての妙心寺小僧時代の親友、今田救援人からの手紙が届いた。

『妙見さん、鬼僧堂の修行を楽しんでいますか。俺は、江川龍昭法師様の導きと仏縁により、今、四国高松のらい病（ハンセン病）患者隔離病院で看護をしています。皆、故郷を偲び、家族を思いながらも、自分を抹殺するような苦悩を誰にも告げることさえ出来ずに死と向き合っています。でも、俺はここで、ここにいる患者と向き合い話を聞いて、初めて生きること、生まれてきたことのありがたさを知りました。幼い時に死に別れた母と、昨年、亡くなった群馬の父に今、限りない感謝をしています。俺が話を聞いてやるだけで、ここの患者の人々は「あんたのお蔭で救われた」と、泣いて喜び、死を怖れず、俺と同じように、産んでくれた母御《ははご》と父御《ててご》に感謝して旅立ちます。全国に、何千人という患者がおると聞いています。一生掛かっても、俺を待つ人々の処に辿り着いて、一人一人の手を取って話を聞いてあげようと思います。こんな、できの悪い俺でも、こんなに喜んで貰えるのは御仏と龍昭法師様、それにいつも励ましてくれた妙見さんのお蔭じゃ。妙見さんには、あなたしかできない、仏法と禅の道があります。どうか、母星の輝きを持ち続けて下さい。』

一年半後の春、伊深正眼寺の僧堂修行を成し遂げた妙見は、妙心寺を目指し、雪解け水が増している下鶴井の小川に沿って畦道を踏みしめるように歩いていた。『雲水の命取り』と言われるほど厳しかった修行もこの小川の雪解け水のように清々しく感じられた。毎朝、岩山を崩して土石をモッコに盛り谷深い沢迄運んだことや、逆に、大八車で一里離れた河原まで出て寺寮の改築に使う砂利を採取して持ち帰り、表門から長い階段を運び上げた汗まみれの日々を思い浮かべていた。托鉢修行の大遠鉢の際に午前一時起床で往復十里の道のりを行き、目的地に着いてから更に半日歩き続けた托鉢も懐かしく思えた。今や、それらの全てが坐禅の奥義に通じているという思いが、全身に溢れてくるのだった。

平地から山道に変わる手前に、幼少の頃から見慣れている二本の小川が合流する水域がある。思わず足を止めると、そこには、雪解け水の間から顔を出している坐禅草が、大自然の使者となって春の訪れを知らせていた。坐禅草はこの地域を流れる小川の此処彼処で見られる風物詩だ。達磨草とか仏焔苞《ぶつえんほう》とも呼ばれる、葉が変形した部分を紫褐色の法衣に見立て、そこから覗く黄色の穂状の花とのありようが、坐禅を組む禅僧の姿となって人々に語りかけてくる。この地の春の訪れは、長く厳しかった冬の分だけ一段と、人々に清々しく明るい思いを伝えてくれる。

「ありがとう」

坐禅草に向けて、妙見の口からでた言葉は、禅僧としてではなく一人の青年のこの上ない自然な挨拶であった。坐禅草の中の達磨大師がその気持を受けとめてくれたように感じることができた。

『ごーん、ごーん、ごーん』

山間から聞こえてくる鐘の音は、春の輝きと色合いを乗せて広がり伝わっていた。妙心寺の梵鐘の音色は、この頃、誰言うとなしに、『慈母の音色』と、呼ばれるようになっていた。

鬼灯の詩

ほおずきのうた

鬼灯《ほおずき》の詩《うた》

『抜苦与楽』という四字熟語がある。仏《ほとけ》や菩薩が衆生の苦しみを取り除き、福楽を与えることと辞書にはある。もしも、この言葉との出会いがなかったとしたら、私の今日の姿はなかったかもしれない。

それは、十五年ほど前の厳寒の深夜だった。私が、宿直医として院長室で執務していると、救急の電話が入り、間もなく、患者さんが運ばれてきた。その患者さんは、私と同じ七十歳前後に見える聾唖《ろうあ》の女性だった。付き添いの女性は四十がらみの主婦らしく小学三年か四年生くらいの女の子を伴っていた。患者さんは見るからに苦しそうにお腹を押さえて七転八倒の様相だったが、唸るだけで言葉を発しない。電話連絡と同時に大凡予想できた病状に対応すべく、事前に準備を整えておいた。

「患者さんは、話ができますか？」と、予め準備しておいた処置室に救急カートで移動しながら付き添いの、娘と思われる女性に確認すると、

「母は話ができません。聾唖者です。私が手話で通訳します。昨晩から、胃が痛いと言って常備薬を飲んでいました。でも、その後、痛みが徐々に強くなり、夜になって苦しみだしたのです」

診察の結果は、見立て通り急性虫垂炎だった。宿直当番の看護師は手際よく緊急手術の準備を再確認して待機し、直ちに手術を開始した。そこで、私は麻酔をする前に、白板に大きな字で患者さんへのメッセージを書いたのだ。

『私は医師の橋口十善です。痛みの原因は盲腸炎です。私のこの手で、今からあなたの辛い痛みを手術で取り除きます。私の手と顔を触ってください。』

そして、私は彼女の手を強く握り自分の顔に触れさせた。すると、それまで苦しみもがいていた患者は、手話で語りかける娘に対してでなく、白板に書かれた文字と私を見て、ニコッと笑ったのである。

虫垂炎が急激に進行し一部が破裂して、黄白色の膿が漏れ出て腹膜炎を起こす寸前だった。難しい手術だったが、無事成功した。この時、仏語の『抜苦与楽』が私の脳裏に浮か

んだ。仏様、菩薩様、観音様が苦しみを抜きとって福楽を与えるとするならば、医学が目指すところと同じであると悟ったような気がした。

翌朝、患者の名前は蔵間モトイさんと言い、年齢は七十一歳であることや、四人の娘に恵まれ、孫は男児五人と女児三人の合わせて八人いることが分かってきた。とにかく明るい性格で、ハンディをものともせず、その後も手話とジェスチャーで同室の患者や看護師に語りかけ、周りを明るい笑いに巻き込むような人だった。手術に立ち会った、埼玉県加須市内に嫁いでいる娘さんが付き添いに来られない時には、自ら用意した『入院連絡ノート』に、自己紹介から始まる前向きな人生感を日々、綴っていた。それによると、モトイさんは、嫁いでから五十年にわたり加須市郊外の田園地域でご主人と野菜農家として生計を立てていた。軽い聾唖であるご主人と共に朝から晩まで働いて、四人の娘を立派に育てあげ、嫁がせてからも二人で仲良く野菜を作っていた。ところが五歳年長のご主人が七十一歳の時、心筋梗塞で急逝してしまったのだそうだ。そこで、自分が食べる分と、家族に分けてやるのに必要な畑だけを残し、ほかは親戚に貸して、生まれて初めて自分の時間を持つことが出来たという。

『先生、私は聾唖学校で絵を描いている時が一番幸せでした。でも、卒業すると家の農作業がいっぱいあって絵を諦めました。父ちゃんの処に嫁に来てからは、出産と育児と畑仕事に追われてきました。父ちゃんが優しい人だったし、娘が皆、親孝行な良い子だったから、私は幸せものでした。でも、ようやく少し安心した頃、父ちゃんが死んでしまったのです。その後暫くして、中学卒業の時に諦めていた絵を、五十三年ぶりに再び描き始めました。入院中でも絵を描きたい私の気持ちを察して、娘が色鉛筆とクレヨンを届けてくれました。命の恩人の十善先生に御礼の気持ちで、昔から私が一番好きな鬼灯《ほおずき》を思い浮かべながら絵を描きました。よろしければ、お部屋に飾ってください』と、ある日、ノートに書かれていたのである。

私が初めてその絵を目にした時、そこに描かれた鬼灯達は、花であったり提灯と呼ばれる袋状の実の若い緑と橙色に色づいた姿であったり、提灯の外側が枯れて透けて見える球形の実であったり、さらに球形の実だけのものもあった。それらは、太陽と大地の恵みを力強く反映し、生きる喜びと躍動感に満ちていて、七十路を超えたモトイさんの生きる歓喜を雄弁に語っていたのである。私は、その絵を待合室に飾り多くの人々に観てもらうことにした。

私の名前である『十善』は、祖父の源十郎の一字をもらい仏語から名付けたと、父から聞かされていた。医師を志すに至って、仏様、菩薩様、観音様の教えに導かれる生き方をするようになった。そのお蔭で、大きな善とは、世のため人のための善であると知り、この名前から運命的な天命と使命を感じるようになった。もっとも、何事に対しても、私があまりに頑張りすぎるためか、時々、妻から「十善でなくて三善くらいが良かったわね」などと、冷やかされたりしている。

かつて、加須市内の私の生家にある土蔵の傍らに、木陰でひっそりと佇んでいる白い観音像があった。ある日、久しぶりに人気《ひとけ》のない生家に立ち寄り観音様に対面した。暫し合掌して、慈顔を見つめていた。すると、観音様のお顔が亡き母の顔に似ていることに初めて気がついた。急に涙がこぼれてきた。この時、慈母観音様に包まれている有り難さに気づくことができたような気がした。これも、妻と共に全国の寺社に巡礼の旅を続けているお蔭なのかも知れないと思った。外科病院を開業してから数え切れないほどの手術をしてきた私は、ほどなくして、その観音像を病院の傍らに移設した。以来、毎日のように、全ての患者の抜苦与楽を念じながら観音像に合掌している。

この日の朝もいつも通り、慈母観音様に全ての患者さんをお守りしていただくように般若心経と父母恩重経を唱えてお祈りしていた。そうしていると、心が穏やかになり身体と心が一体になるようだ。その時、子どもの頃、聞いたことのある不思議な音色の調べが遠くから私の耳に届いてきた。『ギュ、ギュ、ギュ』（あれは、何の音だっけ？）どこか懐かしくもあるその音は徐々に私に近づいてきていた。『ギュ、ギュ、ギュ』、この音には、えも言われぬやさしさがあった。私はその音に気を取られながら観音様を拝んでいた。ふと横に目をやると、どこかで会ったことのある八歳くらいの少女が、私の横に並んで手を合わせていた。

「君は、近所の子？」と、尋ねると、

「違うよ、この前、おばあちゃんがこの病院で手術したの。早くよくなるように観音様にお祈りしているの」と、答えるではないか。名前を聞いて、私が手術した蔵間モトイさんに付き添っていた女の子であることを思い出した。少女が合掌している、その小さな両手から赤い宝石みたいな袋のようなものが顔を出していた。その色の鮮やかさと先ほどのやさしい音色、そして、モトイさんの笑顔が一つになって浮かんだ。

（あの音は、この子が吹いた鬼灯の音色だったのか。）

昔、夏になると鬼灯の実を採り、みんなして、その音色を競い合って遊んだことが甦ってきた。今時の子どもは、鬼灯の音を鳴らすことなど知らないだろう。私も数十年、この音を忘れていた。きっと、モトイさんが、亡きご主人の仏前に供えるためと、もう一つは、好きな絵を描くために鬼灯を栽培し、孫達に鬼灯の音の出し方を教えたのだろうと思った。球状の実から楊枝で中身を取り出して実の袋を空っぽにし、穴を下にして舌に乗せて、上あごと舌で押してやると、あの『ギュ、ギュ』と、いう不思議な調べが聞こえてくる。(昔の子どもは、夏になると誰しもそうして遊んだものだったな。)

耳が聞こえず話のできない祖母が、孫達のために伝えた小さな宝石のような贈り物は、美しい色合いや不思議な音色と共に、おばあちゃんのやさしい心を届けていた。

「君がお祈りしているから、おばあちゃんは、一週間くらいで退院できるよ、きっと」

「ほんと? ありがとう。おじさんは、この病院の先生なの? おじさんがおばあちゃんを治してくれたんだ。おじさんは、恵比寿様に似ているね」

女の子の、あどけないこの評価は、私が信条にしてきた、『医は心』に通ずる重さを伝えてくれた。

『ギュ、ギュ、ギュ』

病院に戻ろうとした私の耳に届いた鬼灯の調べは、さっきより軽やかに弾んでいるように聞こえてきたのだった。

著者略歴

高杉治憲《たかすぎはるのり》　（本名：篠﨑暢宏《しのざきのぶひろ》）
栃木県佐野市小中町出身（昭和21年2月生）
立教大学法学部卒業
栃木県文芸家協会事務局長

〈受賞〉

第67回栃木県芸術祭文芸賞（『坐禅草』）
第63回同準文芸賞（『不動明王の贈り物』）
第65回同準文芸賞（『夫婦にて候』）
第34回宇都宮市民芸術祭賞（『春の風』）
準芸術祭賞
（第30回『大金鯨と温泉トラフグ』、第31回『天空を駆ける』、
第32回『翼を持たない天使』）
第10回銀華文学賞入選（『夫婦にて候』）
平成26年下野新聞 新春しもつけ文芸
短編小説第1位（『鬼灯の詩』）

甦る灯火　よみがえるともしび

2015年8月23日　初版第1刷発行

著　者　高杉　治憲

発行所　下野新聞社
〒320-8686　栃木県宇都宮市昭和1-8-11
TEL　028-625-1135（事業出版部）　FAX　028-625-1392
印　刷　株式会社 シナノ パブリッシング プレス

ISBN978-4-88286-591-9